中华好诗词

中华好诗词

山水卷

水光山色与人亲

韩　元　编著

中国文史出版社

前言

山与水，这两个最简单的字，却可以本能地缩短人与自然的距离，这种亲和力与生俱来，挥之不去。《论语·雍也》曰："仁者乐山，智者乐水。"千百年来这句话早已成为人们的共识。朱熹在解释这句话时说："知者达于事理而周流无滞，有似于水，故乐水；仁者安于义理而厚重不迁，有似于山，故乐山。"在朱熹看来智者是通达的，他们对世间的道理体识得相当透彻，并无滞碍之处，就像流水一样周匝往复而所往皆适；而仁者是宽厚的，潜心义理而止于其处，外物不能动，异说不能迁，就像大山一样稳居于天地之间。虽然人与人之间的秉性各不相同，但仁者与智者在比例上应当是大体平衡的。然而这种平衡在诗歌创作上并没有反映出来，在中国古代的山水诗中，诗人们似乎更偏爱于流水，纯粹写山的诗篇则少之又少。

升高以写忧，久静而思动，这些都是人之常情，所以也才有"登山临水送将归""解玩山川消积愤"之类的生活内容。山水情怀和我们息息相关，没有任何隔阂。《中华好诗词》策划了"山水篇"一类，其选题主旨我想大概是通过本书编选的作品，能够让读者深入了解中国山水诗的特质，进而更准确地领略山水诗的艺术魅力，进一步走入古典文学的氛围，以之陶冶情操、砥砺品格。

本书在编选时，参看了部分山水诗选的选目，从中受益良多，但作为在众多山水诗选中的一本，读者和编著者自然会有一个问题要问：这个选本的特色在哪里，和之前的选本有哪些不同？下面，笔者就这一问题作如下回答：

首先，本书在选目上充分考虑了唐诗在山水诗中的重要地位，在全书的一百五十篇作品中，选入六十三篇，占全书内容的百分之四十二，这一比重符合山水诗的发展历史和创作实际，也应当符合读者的心理预期。

其次，本书在选目上实践了古代文学研究中的"大家研究"意识。诗文名家、大家的作品经受了时间的检验，历久弥醇，清芬永驻，通过对大家作品的阅读与学习能够让我们在获得良好的审美体验的同时，对内在学理也有一定的思考。在本书中，谢灵运、谢朓、李白、杜甫、苏轼、陆游、纳兰性德等诗人在山水诗创作中都卓有建树，因此在选目的数量上也给予了明显的侧重。

再次，本书在选目上力求和中国诗词发展史的进程和创作成绩相同步。自从王国维先生将"文学一代有一代之所胜"发扬光大以来，唐诗、宋词、元曲、明清小说的定位便日益稳固，这种学说被广大学者接受，肯定有其合理性，笔者对这种观点也是持赞同态度的。但这种学说只是就其大体而言，如果从分体文学史的角度来看，宋诗无疑是继唐诗之后的又一个创作高峰，而清词的创作亦可谓宋词之后的中兴力量。宋诗、清词专题的制作，正是基于文学史的发展进程和其实际的创作成绩来决定的。

最后，受限于笔者的学力、个人审美趋向以及丛书的篇幅、编选体例等，有相当一部分的优秀作品未能入选本书，这是要和读者说明的。书中存在的错误和不足，也恳请广大读者批评指正，谢谢！

目　录

魏晋南北朝篇

唐 诗 篇

宋 诗 篇

宋 词 篇

清 词 篇

魏晋南北朝
篇

魏晋被普遍认为是文学自觉的时代，文学家在创作和批评时，都更加地关注文学本身的艺术美。从曹丕《典论·论文》所言"奏议宜雅""书论宜理""铭诔尚实""诗赋欲丽"，到陆机《文赋》所言"诗缘情而绮靡，赋体物而浏亮"云云，再到《文心雕龙》对不同文体的讨论，从中我们可以看到人们对文学的认识越来越清晰。这种认识反映到创作上，以诗歌而论，比较明显的是诗人们由之前的写意慢慢地转变为摹物。魏晋南北朝的山水诗创作，恰恰处在这个转变的时段，这是一个很好的观测点。

　　这一时期，山水诗创作成就较高的诗人有曹操、陶渊明、谢灵运、谢朓、鲍照、何逊、阴铿等人。

　　曹操被鲁迅称作是"改造文章的祖师"，其作品大都是乐府古题，但他并没有沿用古辞古意，而是用来写真切的现实生活，这不但需要足够的才华，也需要相当的魄力。读他的诗，这种英伟的气概、开阔的胸襟往往扑面而来。

　　陶渊明是"古今隐逸之宗"，他的诗往往以写意为主，而不斤斤于字词的雕琢、句法的锤炼。元好问说他的诗"一语天然万古新，豪华落尽见真淳"，在质朴之中，见出其丰厚的内涵。苏轼说他的诗"质而实绮，癯而实腴"，也就是这个意思。无论是其归隐田园之后，还是在其羁旅行役之中，他关于山水的描写都能自然轻松地使读者入其情景，达其心性。

　　谢灵运可以说是中国山水诗派的开创者，在他的手中，山水内容的描写不再是"淡乎寡味"地拖着玄言的尾巴，而是成为独立的审美对象，所谓"庄老告退而山水方滋"的转变，在谢灵运的山水诗中有较为明显的体现。谢朓的诗学创作成就，也多半体现在山水诗上。他在谢灵运的基础上有所发展，进一步摆脱玄言的成分，转而抒写个人的思想情感。他主张"好诗圆美流转如弹丸"，这在他的山水诗中也有所体现。

　　鲍照一生沉于下僚，郁郁不得志，他的文学成就主要在乐府方面，但其山水描写也往往有"俊逸"之风。

　　何逊和阴铿也是摹写山水的高手，二人诗风相近，故后人并称"阴何"。二人在后世也多次受到称赞，杜甫说"李侯有佳句，往往似阴铿"，也说过自己"颇学阴何苦用心"，通过二人的山水诗创作，我们大致可以尝鼎一脔。

观 沧 海

曹 操

东临碣石，以观沧海。

水何澹澹，山岛竦峙。

树木丛生，百草丰茂。

秋风萧瑟，洪波涌起。

日月之行，若出其中。

星汉灿烂，若出其里。

幸甚至哉，歌以咏志。

作者简介：

　　曹操（155—220），字孟德，小字阿瞒，沛国谯县（今安徽亳州）人。东汉末年杰出的政治家、军事家、文学家。在东汉末年的军阀战争中，他统一了北方，官至丞相，被封为魏王。后曹丕代汉称帝，追封其为"武皇帝"，故世有"魏武帝"之称。他的诗歌多运用乐府旧题以描写实事，表达理想，诗风苍凉壮丽。《诗人玉屑》引敖陶孙之语，曰："魏武帝如幽燕老将，气韵沉雄。"这个评价是符合其作品风格的。明人张溥辑《汉魏六朝百三家集》，中有《魏武帝集》。今有《曹操集》，中华书局 1974 年版，可参看。

赏析：

全诗大意：（我）东行登上碣石山，观赏苍茫的大海。水波摇荡，是多么的宽广啊，山岛高高地竦立在海边。海边的树木和百草都很繁茂，瑟瑟秋风在海中卷起滔天巨浪。太阳和月亮好像在海洋中此起彼伏，灿烂的银河似乎也在其中发出耀眼的光芒。这是多么令人高兴啊，很幸运我用诗歌把它记载了下来。

建安十二年（207）五月，曹操北征乌桓，当年九月凯旋班师，在归来的途中，曹操登上碣石山（今河北省乐亭县的大碣石山），写下了这首传世名作。全诗的前两句是出于结构性的需要，最后两句是乐府的结束语，和全诗内容并无关联，所以主体内容只有十句。全诗的描写比较多地体现出矛盾的对立与统一，比如静与动、近与远、狭与阔等。诗人目光所及，首先是浩渺的水波，这也符合远眺的情景，然后才涉及海边的树木、岛礁，这些"实"的描写，其场景是安静的，境界是渺小的。如果曹操的笔端至此而止，那么与他胸中的英伟之气就显得不那么相称了。曹操是想一统天下、名垂不朽的，所以接下来他又以宏大的想象之词（即"虚"）描绘了大海的壮阔，似乎日月星辰都在其中沉浮。后来杜甫在《登岳阳楼》中说"吴楚东南坼，乾坤日夜浮"，这样的句子固然壮丽，但曹操已经表达了相近的内容，杜诗善于学习，曹诗贵在开创。

《观沧海》被认为是"中国诗歌史上第一首完整的山水诗"（袁行霈《中国文学史》），这不仅表现在它对山水的集中描写上，也在于全诗雄伟的境界更愿意让读者把它作为山水诗中的第一篇。明人钟惺在《古诗归》中说此诗有"吞吐之象"，这种批评可以说是"知人论世"的典范了。

苦 寒 行

曹 操

北上太行山，艰哉何巍巍。

羊肠坂诘屈，车轮为之摧。

树木何萧瑟，北风声正悲。

熊罴对我蹲，虎豹夹路啼。

溪谷少人民，雪落何霏霏。

延颈长叹息，远行多所怀。

我心何怫郁，思欲一东归。

水深桥梁绝，中路正徘徊。

迷惑失故路，薄暮无宿栖。

行行日已远，人马同时饥。

担囊行取薪，斧冰持作糜。

悲彼东山诗，悠悠使我哀。

赏析：

　　全诗大意：北征途中登上太行山，山岭巍峨，多么艰险啊！羊肠小道崎岖不堪，以至于车轮在行进中被摧折。北风吹过树木，发出的萧瑟之声，听起来异常悲凉。熊罴、虎豹夹路而蹲，向我发出阵阵哀号。溪谷之中，人烟稀少，触目所见，唯有大雪纷纷。想起长途跋涉的辛劳，也只有延颈长叹而已。我的内心十分忧愁，此刻只想返回故乡。可是半路之中大水横前，桥梁断绝，我和大军人马一样，于此徘徊不前。行军途中迷失了方向，到了傍晚还没有找到住宿的地方。旷日行军，天长日远，人马俱疲，饥渴交加。担着行囊，收拾柴薪以便生火；用斧头凿开坚冰，取水做粥。此时我想起了《诗经·东山》一诗，相似的军旅生涯使我感到悠悠的哀伤。

　　全诗写了由山巅到溪谷的这个行军过程，诗的前半段以写景为主，后半段以抒情为主。虽然"山水"并不是全诗描写的唯一内容，但全诗场景的转换、情感的积蓄，无不与山水有着密切联系。曹操一生戎马倥偬，这首诗便写于北征乌桓途中。在人们心中，他似乎永远是一个"酾酒临江，横槊赋诗"的英雄，但在此诗中，曹操明确地揭示出行军路途的艰辛和久客思乡的情感，并非一味地抒发誓扫腥膻、功图麒麟的壮志，他也有悲伤和畏难的情绪。单就这点来说，曹操也还算真诚。但曹操的诗文总喜欢提到周公，大概有自诩之意，说得多了，后人的批评也随之而来，朱熹就很看不惯这点，说"曹操虽作酒令，亦说从周公上去，可见是贼"（《朱子语类》卷一百四十）。比如本诗结尾的"东山"之句，指的就是周公东征之事。至于曹操本人是否这样想过，大概只有他自己知道吧。

辛丑岁七月赴假还江陵夜行涂口

陶渊明

闲居三十载，遂与尘事冥。

诗书敦夙好，园林无世情。

如何舍此去，遥遥至西荆。

叩枻新秋月，临流别友生。

凉风起将夕，夜景湛虚明。

昭昭天宇阔，皛皛川上平。

怀役不遑寐，中宵尚孤征。

商歌非吾事，依依在耦耕。

投冠旋旧墟，不为好爵萦。

养真衡茅下，庶以善自名。

作者简介：

　　陶渊明（365？—427），字元亮，一名潜，号五柳先生，私谥"靖节"，浔阳柴桑（今江西九江）人。曾担任过江州祭酒、建威参军、镇军参军、彭泽县令等官职，最终选择归隐。陶渊明的诗文流传下来的只有一百三十多首，诗歌多以五言为主，内容多写田园。虽然作品很少，陶渊明却一样可以和屈原、李白、杜甫、苏轼等大诗人平分秋色。陶渊明的伟大，在于其作品与人格的高度统一，后代大量的和陶之作也能够说明这点。其诗文通行版本，有袁行霈《陶渊明集笺注》，中华书局 2003 年版；逯钦立校注《陶渊明集》，中华书局 1979 年版等。

赏析：

　　全诗大意：我在家乡闲居了三十年，原本也就与尘事隔绝了。诗书本就是我浓厚的爱好，而往日栖身的园林也是没有世间伪情的。我为何要舍弃田园而去遥远的西荆为官呢？新秋的月夜中，我叩击船桨，和水边的亲朋告别。傍晚时刮起了凉爽的江风，夜空也清澈明朗起来。天宇明净辽阔，江面平整皎洁。羁旅之中我未暇入睡，半夜时分还在赴任的道途中。像宁戚饭牛那样商歌以求官并不是我的事业，我只愿和长沮、桀溺一样并肩而耕。何时我才能够挂冠归隐，回到旧时的田庐，不再受虚美的爵禄的羁绊。在茅屋之下保养我的纯真，或许这样才可以使善名保存。

　　晋安帝隆安五年（401）七月，陶渊明销假，至桓玄幕府赴任时，在途中写了这首诗。七月之后，慢慢地进入秋天，在给行人带来凉爽的同时，秋天也容易使人产生丝丝的悲戚。宋玉在《九辩》中说："悲哉，秋之为气也！萧瑟兮草木摇落而变衰，憭栗兮若在远行，登山临水兮送将归。"而陶渊明这次"远行"江陵，正是在"新秋"之时，"临流别友生"一句，更是宋玉所言"登山临水兮送将归"的场景再现。陶渊明在和亲友分别时想起了昔日的诗书和园林，这种淡淡哀伤已经超出了传统的"悲秋"范围，所悲的不仅是秋天的景色，更多的是与昔日志向的乖违。诗中的"昭昭""晶晶"不仅指天宇和江流，它也可以指心境的皎洁、明朗。上一句"夜景湛虚明"中，"湛""虚""明"三字皆可作如是解读。一个内心澄明、如光风霁月般的诗人在与亲友和夙愿告别时，最好的送别礼物大概就是天上的秋月和澄澈的江水吧。

游 斜 川

陶渊明

开岁倏五日，吾生行归休。
念之动中怀，及辰为兹游。
气和天惟澄，班坐依远流。
弱湍驰文鲂，闲谷矫鸣鸥。
迥泽散游目，缅然睇曾丘。
虽微九重秀，顾瞻无匹俦。
提壶接宾侣，引满更献酬。
未知从今去，当复如此不。
中觞纵遥情，忘彼千载忧。
且极今朝乐，明日非所求。

赏析：

　　全诗大意：新岁已经匆匆过去了五天，而我的生命也会随着时间流逝而归于虚无。每当念及此处，我的心中便有所触动，所以趁此良辰决定此番出游。天气晴朗和暖，我们沿着河流依次而坐。缓缓的溪流中鲂鱼自由驰骋，闲远的山谷中白鸥矫厉而鸣。游目于广阔的湖泽，凝视着远方的曾城。它虽然不像昆仑山的曾城那样高耸于九重天外，但环顾四周也没有能够和它相比的了。提起酒壶酬接宾客友侣，斟满酒杯相互献酬。不知道从今而后，是否还会有这样欢快的场景。饮酒半酣之时，我产生了遥远缥缈的情怀，借此以忘怀千载的忧思。姑且领会今朝的欢乐吧，明日的世事也不会强求而得。

　　这首诗前面还有一段小序："辛酉正月五日，天气澄和，风物闲美，与二三邻曲，同游斜川。临长流，望曾城；鲂鲤跃鳞于将夕，水鸥乘和以翻飞。彼南阜者，名实旧矣，不复乃为嗟叹；若夫曾城，傍无依接，独秀中皋；遥想灵山，有爱嘉名。欣对不足，率尔赋诗。悲日月之遂往，悼吾年之不留；各疏年纪乡里，以记其时日。"据此序及逯钦立先生考证，陶渊明写此诗时，已是五十二岁，距其最后一次辞官，已有十个年头。序中的内容与诗歌所写高度一致，这倒是一个比较有趣的现象，因为这种情况并不多见，于此我们或可考察两种文体在描写同一件事物上的不同。陶渊明的语言十分朴素，无论是写景还是抒情都是如此。比如"气和天惟澄"就是直书所见，很容易让人联想到他的名句"今日天气佳，可以赋新诗"，而"念之动中怀""忘彼千载忧"等句子，和他的"遥遥望白云，怀古一何深"一样，都写得朴素动人。苏轼谓其诗"质而实绮，癯而实腴"，确是非常恰当的概括。

夜发石关亭

谢灵运

随山逾千里，浮溪将十夕。
鸟归息舟楫，星阑命行役。
亭亭晓月映，泠泠朝露滴。

作者简介：

谢灵运（385—433），祖籍陈郡阳夏（今河南太康），生于会稽（今绍兴），名将谢玄之孙，袭康乐公，世称"谢康乐"，小名客儿，故亦称"谢客"。他门第高贵，但屡受猜忌和排挤，最终被宋文帝刘义隆以"叛逆"的罪名杀害。谢灵运外任时，往往通过游玩山水来消除政治上的失意，也因此开创了中国文学中的山水诗派。此外，他最为人们所熟知的，大概还是那个"才高八斗"的典故。今人黄节有《谢康乐诗注》，人民文学出版社 1958 年版。

赏析：

　　全诗大意：沿着山路走了一千多里，在溪水中泛舟也将近有十个夜晚。傍晚飞鸟归宿时才将舟楫停下来歇息，群星将没的拂晓时分，便命仆夫整驾出发。高高的孤月悬挂在辽阔的天空，清冷的露水滴落在前行的道路。

　　此诗写于永初三年（422）赴永嘉郡途中。全诗虽然只有六句，但语言朴素，风格清丽，堪称一件用心雕刻的艺术精品。首二句泛写近来一段时间的行程状况，其中"随""浮"二字，将人与自然的贴合处表现得相当准确，人与山水之间不再存有任何的距离，仿佛二者已融为一体，共同前进。次二句，作者的影子才慢慢清晰起来，有了具体的活动安排。从其表述的日落而息、日出而作的行程中，我们猜想，诗人和力田耕稼的农夫不同，他的起早贪黑不是为了丰衣足食，而是为了有更多的时间饱览沿途的风景。这种对山水的喜好，在最后两句诗中给了具体的展示，诗人虽然只写了"晓月"和"朝露"两个物象，但已成功地营造出一种清冷的意境，引人入胜，引人遐想，这也是诗人的高明之处。

　　鲍照谓谢灵运的五言诗"如初发芙蓉，自然可爱"（《南史·颜延之传》），或许也只是就其大体而论，这首诗中，我们看到的更多的是精心雕刻，而非自然朴素。此外，有观点认为这首诗原本存有阙文，那样的话，读者也就不可避免地犯了类似于归有光评《史记》式的错误。果真如此，也只好无可奈何了。

石门岩上宿

谢灵运

朝搴苑中兰，畏彼霜下歇。
暝还云际宿，弄此石上月。
鸟鸣识夜栖，木落知风发。
异音同至听，殊响俱清越。
妙物莫为赏，芳醑谁与伐？
美人竟不来，阳阿徒晞发。

赏析：

　　全诗大意：早晨我在园圃中采摘兰花，因为害怕它在严霜之中凋落。傍晚我在云间住下，把玩这石峰上的明月。倦鸟归巢，发出阵阵的叫声；木叶飘落，回旋于瑟瑟的秋风。虽然周围的声音各不相同，但都能给人带来美的听觉体验。如此美妙的情境却没有人能够欣赏，斟满美酒也只有我一人品尝。美人终究还是没有出现，剩下我独自在朝阳的山坡上晾晒我的头发。

　　这首诗体现了古典气息与个人性情的完美结合。所谓古典气息，是指诗中有浓郁的楚辞风味；所谓个人性情，是说诗中有作者独特的情感表达。总之，此诗学古而又不失个性。《离骚》曰"朝搴阰之木兰兮，夕揽洲之宿莽""余既滋兰之九畹兮，又树蕙之百亩"云云，都是对美好操守的培养和坚守。首句"搴兰"这个动作，经过屈原的创作之后慢慢地积淀为一种文化符号。同理，末句的"美人"与"晞发"也都是来源于楚辞中的固有元素，如"恐美人之迟暮""望美人兮未来""晞女发兮阳之阿"等等，所以这首诗充满了古典的气息。此外，谢诗还写有他独特的情志，比如"鸟鸣""妙物"二句，在自然之中置入了自己，但和屈原不同，它只是写自己，不怎么有家国之思、社稷之忧。最后，此诗的语言也有一些缺点，比如"异音""殊响"二句，其实说的是一个意思，比照律诗分析的话，这属于"合掌"。当然，这是五言诗在发展中不可缺少的探索过程，读者亦不必苟责。

石壁精舍还湖中作

谢灵运

昏旦变气候，山水含清晖。
清晖能娱人，游子憺忘归。
出谷日尚早，入舟阳已微。
林壑敛暝色，云霞收夕霏。
芰荷迭映蔚，蒲稗相因依。
披拂趋南径，愉悦偃东扉。
虑澹物自轻，意惬理无违。
寄言摄生客，试用此道推。

赏析：

全诗大意：一日之内，黄昏和白天的气候不停地改变，山与水蕴含着它清丽的光辉。这种光辉让人感到舒适、安闲，从而忘记了回家的道路。从峡谷中出来的时候时间尚早，上船回程时日光业已微弱。长满树木的丘壑聚集着黄昏时的景色，天上的云霞和傍晚的雾霭交织如画。茂密的菱角、荷叶相互映照，香蒲和稗草也依偎在一起。用手拨开身旁的植被前行，很高兴能在东边的柴扉中歇息。思虑淡泊后，也就自然看轻了外物；内心惬意了，事理也就不再有所乖违。告诉那些志在养生的人们，应当用这种方式来推求其中的道理啊。

此诗在内容上可以大致分为三个部分，首先是对自己置身山水一事的整体概述，至"林壑""云霞""菱荷""蒲稗"四句，则转入具体景物的描写，最后四句是阐述对游览山水的体悟，质朴的文字与前文风格大有不同，可以看出此诗仍然拖着玄言的尾巴。全诗的好处在于前面两个部分，明人胡应麟在《诗薮》中说："灵运诸佳句，多出深思苦索，如'清晖能娱人'之类，虽非锻炼而成，要皆真积所致。""清晖"之句自然是写得很好，后来李白在《酬殷明佐见赠五云裘歌》中也明确地说："故人赠我我不违，著令山水含清晖。顿惊谢康乐，诗兴生我衣。襟前林壑敛暝色，袖上云霞收夕霏。"对谢诗的喜爱之情溢于言表，这也从一个侧面说明了谢诗的好处。此外，诗中的"菱荷""蒲稗"写得也颇有特点，所写景物的外形体现出周圆与细长的对比，后来王维写"大漠孤烟直，长河落日圆"句子，或许在构图上也参考过谢灵运的诗句。

入彭蠡湖口

谢灵运

客游倦水宿，风潮难具论。
洲岛骤回合，圻岸屡崩奔。
乘月听哀狖，浥露馥芳荪。
春晚绿野秀，岩高白云屯。
千念集日夜，万感盈朝昏。
攀崖照石镜，牵叶入松门。
三江事多往，九派理空存。
灵物郄珍怪，异人秘精魂。
金膏灭明光，水碧辍流温。
徒作千里曲，弦绝念弥敦。

赏析：

　　全诗大意：客游在外，我已厌倦了在水中住宿，行途中水风江潮的辛苦实在是难以一一述说。水流拍打在洲岛之上突然分开，又突然复合，曲折陡峭的石壁下江流奔湍不息。月色之下，猿狖的哀鸣显得愈发凄楚；而野花经过朝露的滋润，也更加芳香扑鼻。晚春之时，原野一片秀丽；山岩高耸，白云时来栖息。日夜之间，胸存千种念想；朝昏之时，万感充满心头。于是我牵着树藤树叶，攀上了石镜、松门二山。此地三江、九派的往事和神理早已不复存在，灵物和异人也都随时间的流逝而不再为世人显露它们的珍怪和精魂。金膏神药已灭去它的光明，碧玉仙石也没有温润的品质。我徒然地弹起《千里别鹤》的曲子来销忧，然而到曲终弦止之时，这种感念反而愈加厚重。

　　这首诗大体分为两个部分，前半部分主要写景，至"岩高白云屯"而止，后半部分抒情，至全诗末尾。纯粹写景的内容并不多，但在写法上较有特色："洲岛"二句，写水流撞击岩石之后的形态，这是前人很少提及的；"乘月"以下四句，作者将视觉与听觉很好地结合起来，将汉字的表现力发挥到极致，没有任何剩余。下文抒情部分有点向玄理靠拢的意思，但比起孙绰、许询等人，这种倾向又有好转。在整体结构上，全诗还保留较为浓厚的古诗（古文）风味，比如开篇的第二句"风潮难具论"就是为了提示下面的文字，这种写法在古诗十九首"欢乐难具陈"、杜诗"贱子请具陈"中都有表现。正是因为其浓厚的古诗气息，所以部分字句未能像律诗那样精简，比如"千念""万感"两句，写的其实是同一个内容，这点与上文《石门岩上宿》一诗相似。

于南山往北山经湖中瞻眺

谢灵运

朝旦发阳崖，景落憩阴峰。

舍舟眺迥渚，停策倚茂松。

侧径既窈窕，环洲亦玲珑。

俯视乔木杪，仰聆大壑灇。

石横水分流，林密蹊绝踪。

解作竟何感，升长皆丰容。

初篁苞绿箨，新蒲含紫茸。

海鸥戏春岸，天鸡弄和风。

抚化心无厌，览物眷弥重。

不惜去人远，但恨莫与同。

孤游非情叹，赏废理谁通？

赏析：

　　全诗大意：早晨我出发于向阳的山崖，太阳落山时在背阴的山峰下休息。抛舍小船向远处的沙洲眺望，停下挂杖倚靠在高大的松树旁。侧面的山间小道窈窕曲折，四周的沙渚玲珑清秀。低头俯览山谷间大树的杪梢，抬头聆听山涧的流水淙淙。大石横分，溪水于此分流；茂林浓密，小路到此绝踪。雷雨大作，天地相感；树林生长，郁郁葱葱。破土而出的竹笋包裹着绿色的外衣，刚刚生长的蒲草抽出了紫色茸衣。海鸥在春水岸边嬉戏，天鸡在和风之中鸣啼。体会天地运化，我的内心没有感到厌倦；周览万物，我的思虑也愈发厚重。哲人远去，我并没有太多的惋惜，只是遗憾于没能和他们处在同一个时代。孤游至此，我并非无故地抒情；再也不能与好友寄情山水，欢会言笑了，天地间的玄理又有谁能相与言说呢？

　　此诗在结构上也是前半写景后半抒情，所不同的是，此诗的写景内容占绝大部分，进一步体现出山水诗在发展中对文学本质的体识逐渐成熟的过程。在写景中，诗人的视野是极为开阔的，有侧视，有环顾，有俯视，有仰视，可谓是全景式的描写。在具体物象的描摹上，诗人也下足了功夫，比如"初篁""新蒲"二句写植物，具体而入微；"海鸥""天鸡"二句写动物，空灵而优美。因为此时的山水诗还没有完全摆脱玄言的尾巴，所以部分字词仍然显得过于专业，不如之后的山水诗自然，比如"解作""升长"二词，均为《周易》的卦名，对一般读者而言恐怕就有些生僻了。

之宣城郡出新林浦向板桥

谢 朓

江路西南永，归流东北骛。

天际识归舟，云中辨江树。

旅思倦摇摇，孤游昔已屡。

既欢怀禄情，复协沧州趣。

嚣尘自兹隔，赏心于此遇。

虽无玄豹姿，终隐南山雾。

作者简介：

　　谢朓（464—499），字玄晖，陈郡阳夏（今河南太康）人。他与谢灵运同族，故人称"小谢"。建武二年（495）任宣城太守，后又官至尚书吏部郎，故世人又称之"谢宣城""谢吏部"。后遭萧遥光诬陷，下狱而死，年仅三十六岁。谢朓的诗歌注重韵律，是"永明体"的代表，对唐代律诗的形成有重要影响。有今人曹融南整理之《谢宣城集校注》，上海古籍出版社 1991 年版，可参看。

赏析：

　　全诗大意：江水从西南远远而来，转而向东北流走奔向大海。遥遥天际，归舟缓缓而来，云气霭霭，江树依稀可辨。羁旅已使我思绪厌倦，心中摇荡，虽然之前也有多次孤独在外游览的经历。赴任怀俸的情怀给了我欢乐，此刻我又能够在旅途之中放飞归隐沧州的意趣。尘世的喧嚣在这里被阻挡，赏心乐事在此遭遇。虽然我的才华不像玄豹的那样耀眼，但最终我还是选择归隐于南山的烟雾中。

　　谢朓的诗歌成就很高，除诗歌内容外，其诗题制作也十分精美。本诗中诗题共有十一字，其中"之""出""向"等动词的运用使诗歌的内容简洁、清晰、富有内涵。此外，他的《晚登三山还望京邑》《暂使下都夜发新林至京邑赠西府同僚》等诗题也都是用心制作的。在诗题的制作上，后来的苏轼、陆游等人走得更远。谢朓的长篇五言诗似乎存在一种"有句无篇"的现象，谢诗多有名句，而且这种名句相当的耀眼，但除了名句之外，其他的句子逊色很多，其艺术水准显得不太对称。比如此诗"天际识归舟，云中辨江树"二句至初唐时便已成为名句，张九龄《送窦校书见饯得云中辨江树》一诗在诗题中就将谢朓此句标出，可见其出名的程度。后来李白在路过谢朓诗中的"新林浦"时，还对谢朓的诗念念不忘，李诗《新林浦阻风寄友人》曰："明发新林浦，空吟谢朓诗。"就这点而论，也足见谢诗的魅力了。

晚登三山还望京邑

谢　朓

灞涘望长安，河阳视京县。
白日丽飞甍，参差皆可见。
余霞散成绮，澄江静如练。
喧鸟覆春洲，杂英满芳甸。
去矣方滞淫，怀哉罢欢宴。
佳期怅何许，泪下如流霰。
有情知望乡，谁能鬒不变？

赏析：

　　全诗大意：昔日王粲在灞水旁远望都城长安，潘岳在河阳县眺望都城洛阳。他们和我此时登山环望京邑大概差不多吧。白日照耀之下，远处的宫殿显得更加壮丽，它们的参差变幻的形状也都一一展现。傍晚的霞光铺散开来，就像罗绮一样绚烂多彩；澄静的江水静静地流淌，犹如一条白色的绢带。喧啾的鸟声覆盖了春天的洲渚，杂乱的野花开满了芳香的郊野。走吧，在这个滞留不前的环境中；怀念啊，还是那个为我送别的宴会。佳期重逢不知尚在何时，每当想起此事我就泪如雨下。情感触发下，游子自然回望故乡，漂泊羁旅中，有谁不会白头呢？

　　因为诗题中有一个"晚"字，所以全诗的赏析也就可以从此入手。好的诗歌必定会紧扣题目，谢诗就是一个很好的示范。本来时间已是傍晚，但诗人仍然写下了"白日丽飞甍"之句，可见春日渐长，临近傍晚时，夕阳给人的主观感受仍然是如同中午时分的"白日"。后来李白在《登鹳雀楼》中说"白日依山尽"，也就显得不那么矛盾和难以接受了。"余霞""澄江"二句是千古名句，李白称赞前人的方式就是直接在文字上和对方发生关联，李诗"解道澄江静如练"便是一个说明。此外，谢诗的比喻还妙在以"绮""练"作对，将二者归属在同一个范围（丝织品）之中，愈发现其设句之妙。"喧鸟""杂英"或许不够精彩，但如果我们将丘迟《与陈伯之书》中的"暮春三月，江南草长，杂花生树，群莺乱飞"一语引在这里，二者间的关系便一目了然了。好的言辞，有时是可以跨越文体而普遍存在的。

暂使下都夜发新林至京邑赠西府同僚

谢 朓

大江流日夜，客心悲未央。

徒念关山近，终知返路长。

秋河曙耿耿，寒渚夜苍苍。

引领见京室，宫雉正相望。

金波丽鳷鹊，玉绳低建章。

驱车鼎门外，思见昭丘阳。

驰晖不可接，何况隔两乡？

风云有鸟路，江汉限无梁。

常恐鹰隼击，时菊委严霜。

寄言蕳罗者，寥廓已高翔。

赏析：

　　全诗大意：滔滔的江水流走了悠悠岁月，但却带不走我内心无止的悲伤。只是想到离京室的关山已经很近，可返回西府的道路却遥不可知。秋夜银河的光亮在拂晓时分仍然耿耿明亮，寒江的洲渚在夜色之下一片苍茫。抬头遥望京室，宫殿楼台隐约在目。金色的月光照在鳷鹊宫上，使它更加华丽；天上的群星仿佛也在建章宫之下。驰车来到京都门外，却还在思念荆州的阳光。流逝的时光是不可接续的，更何况我们相隔在异土他乡。天上风云辽阔，鸟儿自有它的道路；江汉波涛滚滚，却没有可以通行的桥梁。我很害怕被鹰隼这些猛禽搏击，而菊花也在秋霜之中凋落。请告诉那些展开罗网捕鸟的人们，我已经翱翔在寥廓的天空。

　　前人多认为谢朓的诗"工于发端"，明人杨慎在评价"大江流日夜，客心悲未央"一句时也称赞其"雄压千古"。和李煜的"问君能有几多愁，恰似一江春水向东流"的婉转低沉、含蓄蕴藉不同，谢诗显得雄壮慷慨，力道十足。这首诗的主要内容是写自己的忧愁和惶恐，其来源则是政局的风云诡谲。全诗的最后四句明显地表达了这种情感，这是除了首二句的警策之外，全诗最应该被读者认可和领会的地方。从艺术上看，末四句用了传统"赋比兴"中"比"的手法，"时菊"一句像《离骚》一样寄托遥深，"寄言""寥廓"之句则暗用了扬雄《法言·问明》"鸿飞冥冥，弋人何篡焉"的典故。全诗既鲜明地表达了个人的性志，也具有着浓厚的古典气息。

行京口至竹里

鲍 照

高柯危且竦，锋石横复仄。
复涧隐松声，重崖伏云色。
冰闭寒方壮，风动鸟倾翼。
斯志逢凋严，孤游值曛逼。
兼途无憩鞍，半菽不遑食。
君子树令名，细人效命力。
不见长河水，清浊俱不息。

作者简介：

　　鲍照（？—466），字明远，东海郡（今山东临沂）人，曾任荆州刺史刘子顼刑狱参军，故后人多称"鲍参军"。后刘子顼起兵造反，鲍照死于乱军之中。鲍照的乐府诗成就很高，在内容上敢于揭露现实，多慷慨磊落之气，艺术上往往以奇险取胜，和谢灵运、颜延之合称"元嘉三大家"。此外，他的《芜城赋》也很出名。今有钱仲联整理之《鲍参军集注》，上海古籍出版社1980年版，可参看。

赏析：

　　全诗大意：树枝高高地竦立在那里，尖锐的石峰纵横交错。溪水交流的山涧夹杂着阵阵松声，重叠的崖嶂包蕴着五色的云朵。冰面闭合时，寒气变得越来越凝壮；凛冽的冬风刮起，飞鸟侧倾着它微弱的翅膀。我的志向在严冬之中也变得凋零，孤独的游子恰好正逢夕阳之景的逼迫。鞍马劳顿，兼程无休；蔬食相半，无暇入口。君子应当树立美好的名声，仆隶也应用尽全力，为主效劳。没有看见黄河之水吗，无论是清是浊，全都奔向大海，永不停息。

　　此诗在结构上属于典型的前半写景，后半抒情的模式。写景占据主体，抒情的部分只有最后四句。在写作中，全诗围绕着"斯志逢凋严"展开，描摹了一幅寒冬行旅图，其色调几乎都是冷重的。视"高柯"则觉其"危"，观"锋石"则生畏惧；松声潇洒，却隐匿于涧谷之下；重崖傲岸，却为云色所伏；此时寒势方壮，归鸟侧翼，孤游之子，正值暮途：路途的风景，给人的是一种极为压抑的感觉。诗人纵有凌云之志，逢此凋落之景，亦是英雄气短矣。但作为儒家思想的继承者，诗人是以"君子"自居的，树立令名是其终身追求，此时更要勠力向前，自强不息。全诗以河水奔流不息作结，勉励自己任重道远，死而后已，前文之低落消沉，至此又复高扬振起，给人一种奋发向上的、积极的阅读体验。此外，从艺术层面来看，全诗对仗工稳，几乎没有闲字，显示出随着创作的深入，诗人对诗律的追求也变得愈发自觉。

上浔阳还都道中作

鲍　照

昨夜宿南陵，今旦入芦洲。
客行惜日月，崩波不可留。
侵星赴早路，毕景逐前俦。
鳞鳞夕云起，猎猎晚风遒。
腾沙郁黄雾，翻浪扬白鸥。
登舻眺淮甸，掩泣望荆流。
绝目尽平原，时见远烟浮。
倏忽坐还合，俄思甚兼秋。
未尝违户庭，安能千里游？
谁令乏古节，贻此越乡忧？

赏析：

　　全诗大意：昨夜我在南陵投宿，今天早上我进入了芦州。客途之中倍加珍惜这易逝的日月，因为奔腾的江水是不可停留的啊。早晨天上的星星还没有全部消失的时候我就已在征途之中，傍晚太阳落山时我还在追赶前面的同伴。晚霞如鱼鳞一般涌起，晚风猎猎扑面而来。飞腾的黄沙像为天空布下了一层雾，翻滚的浪花扬起了阵阵白鸥。登上大船眺望淮河的岸边，遥望远方荆州的江流，我不禁掩面而泣。远视平原，直至视线的尽头，只看见远方浮动的烟雾。那里的烟雾时开时合，瞬间生成的思虑就好像过了三个秋天。如果不是离开故乡的户庭，我又怎会有此千里之游！谁让自己缺乏古人那种谢绝仕途的高节，还承受这远离故乡的忧思呢？

　　《论语》中讲到"父母在，不远游"，所以读书人都是不大愿意出仕的，只是《孟子》又说："仕非为贫也，而有时乎为贫。"鲍照自视甚高，不愿自己的才华被淹没无闻，这从他拜谒临川王刘义庆中就可以看出来。其于仕途之奔波或许是为贫，也或许是为困吧。当出身贫贱的他踏入仕途之后，现实很快将其梦想击碎，留给他更多的是对出仕的后悔与哀叹。所以本诗之中，作者想表达的思想同样是在后四句。鲍照文采的确很好，比如"腾沙郁黄雾，翻浪扬白鸥"一句，将外物两两组合在一起，越是分不清界限，越能显出诗句的美。扬起的是翻腾的浪花，还是彼时正在飞起的白鸥呢？王勃在写"落霞与孤鹜齐飞"是否想到了鲍照的句子也不得而知了。何焯谓此诗"字字清新句句奇"（方东树《昭昧詹言》引），正是从其"俊逸"处着眼的。

登黄鹤矶

鲍　照

木落江渡寒，雁还风送秋。
临流断商弦，瞰川悲棹讴。
适郢无东辕，还夏有西浮。
三崖隐丹磴，九派引沧流。
泪竹感湘别，弄珠怀汉游。
岂伊药饵泰，得夺旅人忧。

赏析：

全诗大意：木叶飘落时，江边的渡口生起阵阵寒意。大雁南归之时，天风送走了秋天。面对流水，琴弦已绝，商歌已断；俯视长川，船歌四起，心生悲凉。向荆州进发的方向没有朝东行驶的车子，去西夏的方向却有一艘艘的浮舟。三山之中隐隐透露出红色的阶梯，众多的支流汇入后，更显江水的苍茫广阔。看见湘竹上泪痕斑斑，更伤感于离别的时刻；把玩明珠，更怀想于汉江之游。难道说有了灵妙的药饵之后，就可以消除我内心的忧伤吗？

诗人登高往往都是为了消解忧愁的，《诗经·卷耳》中的女主人公"陟彼崔嵬""陟彼高冈"，都是为了抒发心中的愁绪，希望能够达到"不永怀""不永伤"的目的。鲍照在赴荆州任所的途中，登上黄鹤矶，其实也是为了安抚自己旅途中的满腔愁绪。首句十分精彩，沈德潜赞其"发端有力"（《古诗源》），登高而即见木落，先从视觉写起，与杜诗《登高》先写"风急天高猿啸哀"的听觉不同，但在动人处，却与"无边落木萧萧下"相似，可见鲍诗首句即将秋势写足，为全文的情感基调营造了很好的氛围。孟浩然《早寒有怀》"木落雁南渡"与此相似，但劲道仍有不及。"适郢""还夏"两句其实是一个意思，这是古诗"合掌"的一个常见的例子。末句直抒胸臆，反而显得质朴诚实。

慈姥矶

何　逊

暮烟起遥岸，斜日照安流。
一同心赏夕，暂解去乡忧。
野岸平沙合，连山远雾浮。
客悲不自已，江上望归舟。

作者简介：

何逊（？—518），字仲言，东海郯（今山东郯城）人。曾任建安萧伟记室，又入幕成王萧秀，后官至尚书水部郎，世称"何水部"。他的诗作受永明体影响比较大，声律谨严，遣词造句皆有法度。其诗作善于写景，往往景中含情，语言流畅，自然朴素。今有《何逊集校注》，中华书局 2010 年版，可参看。

赏析：

　　全诗大意：遥远的水岸旁，暮烟袅袅升起。夕阳斜照，江水脉脉东流。和你一同欣赏今晚这美景，可以暂时缓解远离故乡的忧愁。荒野的江岸边，沙痕渐渐拢合；连续的山峰外，烟雾缥缈浮动。作客在外，内心悲伤不已；苍茫的大江上，我一一地遥望着去往故乡的归舟。

　　全诗也是写其离乡之思、羁旅之愁，但在写法略有特色，不再是之前常用的那种前半写景后半抒情的模式，而是将写景和抒情平均地夹杂在整个诗歌的结构中。前两句写的是一片安静祥和的晚江夕照图，风景恬静而美好，但接下来两句渐渐转入离乡索居的忧思。作者在写其忧思之时，并没有一味地表达这种低沉的情绪，而是说"同心赏"可以"暂解"忧思，避免了直接的呐喊，将情感多元立体地表现出来。接下来又开始写身边的风景，再次寄希望于风景之中消解背井离乡的哀愁，但这些终究无济于事，悲伤的情绪慢慢地萦上心头，只有这种写法才是真实的，因为它符合人们的情感生成和发展过程，所以才能让读者一唱三叹，品其余味。诗中"野岸""连山"二句，诗景清新，对仗工整，已是千古名句，杜甫"远岸秋沙白，连山晚照红"（《秋野五首》其四）之句或是受此句之影响。沈德潜曰："水部名句极多，然渐入近体。"（《古诗源》）于此即可见其端倪。

晓 发

何 逊

早霞丽初日，清风消薄雾。
水底见行云，天边看远树。
且望沿沂剧，暂有江山趣。
疾兔聊复起，爽地岂能赋。

赏析：

　　全诗大意：早晨的霞光使朝阳更加的美丽，清风吹来消散了层层薄雾。水底能看见天上行走的云彩，天际之外远树若隐若现。不妨暂且观看沿溯而上的船只，急流之下方见精彩，如此才略有吟赏江山的乐趣。远处的野兔忽然疾奔而过，那高爽之地的风光又岂是目前的我所能赋咏的呢？

　　何逊的诗也是工于发端的，起句"早霞丽初日"便将临江晓发的情景带入其中，第二句"清风消薄雾"似乎只是江景常见之象，但它对第三句的描写至为重要，若不是薄雾消除，又怎能在水底见到天上的行云呢？正如明陆时雍《古诗镜》所言："'水底见行云'，此语亦何足道？缘雾消水白，故出此景。"此处也正可见古人读书之细致，不肯放过一字一句。五、六句写"江山"之"趣"正在于急流争溯之时，可见水平如镜的江面虽是江山之一面，但不是全面的风光，也不是最美丽的所在。末句于视眼之外，写到了远处疾奔而去的野兔，体现了诗人开阔的视角和诗域，由此及彼，未经描写的风景反而更加诱人前往。此诗的好处并不在末句，然而末句亦有传神处。

还渡五洲

何 逊

我行朔已晦，沂水复沿流。
戎伤初不办，动默自相求。
睠言还九派，回舻出五洲。
萧散烟雾晚，凄清江汉秋。
沙汀暮寂寂，芦岸晚修修。
以兹南浦夜，重此北门愁。
方圆既龃龉，贫贱岂怨尤。

赏析：

　　全诗大意：从月初到月末，我每天都在路途之中，有时逆流而行，有时顺江而下。此番出行不为戎事，亦非经商，出处之间，只是自求所适而已。这一次于五洲回程，要返回到九江之地。晚烟迷雾一片萧散，江汉的秋天异常凄清。夜色降临，沙汀之上一片沉寂，岸旁的芦苇笔直挺立。今晚南浦的夜色，更加重了我回想《诗经·北门》时那种仕不得志的忧愁。世道多圆而吾执其方，龃龉不合之下，一生贫贱的我难道还会怨天尤人吗？

　　这首诗在写景方面能够将情感带入其中，体现出诗人高超的艺术手法。比如"沙汀""芦岸"之句，"暮寂寂"是从听觉上着笔的，而"晚修修"则是从视觉上描写。视与听的配合，很自然地把五洲晚景呈现了出来，但仅仅如此分析，并不能完全见其好处。诗人用"寂寂"一词，除了指江野暮景之外，也是指其此时的内心活动。全诗的基调亦可谓之"寂寂"，诗人的情绪也是低沉的。为何会有此种情绪，其实答案就在"北门愁"三字，清方玉润《诗经原始》解《北门》一篇题旨曰："此贤人仕卫，而不见知于上之所作。"何逊虽然入庐陵王幕，但并没有得到重用，何逊死于庐陵王任所，但迎柩殡葬、抚其妻子的却是南平王，于此即可见其平生不得志之状矣。

晚出新亭

阴　铿

大江一浩荡，离悲足几重。
潮落犹如盖，云昏不作峰。
远戍唯闻鼓，寒山但见松。
九十方称半，归途讵有踪。

作者简介：

　　阴铿（511？—563？），字子坚，其先武威姑臧（今甘肃武威）人，高祖时迁居南平（今湖南蓝山）。铿年少聪颖，博学多识。先后历任梁朝湘东王萧绎法曹参军，入陈后，任始兴王陈伯茂府中录事参军，以文才见赏于陈文帝，累迁晋陵太守、员外散骑常侍。其诗五言尤佳，多写景、酬赠之作。虽气格稍弱，但文辞绮丽，多有佳句。因其诗风与何逊相似，故世多以"阴何"并称。今有刘国珺《阴铿集注》，天津古籍出版社1988年版，可参看。

赏析：

　　全诗大意：大江浩荡东去，离别的悲伤就像江上的波涛一样，一重离去，一重又来。潮水落下的时候，远远望去犹如车盖，乌云逼近，已看不清山峰的模样。远方的边戍只有鼓声传来，寒山之外也只见青松的身影。行百里者，半于九十。天涯苍茫渺远，归途又在何方呢？

　　首句发端颇为警策，与谢朓《夜发新林》"大江流日夜，客心悲未央"有异曲同工之妙，谢榛在《四溟诗话》中将二者联系起来，并评论道："二作突然而起，造语雄深，六朝亦不多见也。"将离别之悲，寄托于滚滚江水之中，足见其胸襟之大、气格之雄。第二句"潮落犹如盖"亦为佳句，盖者，车盖也。枚乘《七发》写潮水曰："其少进也，浩浩澄澄，如素车白马帷盖之张。"诗人于此当是有所借鉴，一个"犹"字，从侧面将潮水之汹涌反衬出来。"远戍""寒山"两句分别从听觉和视觉的角度写傍晚所闻所见，"唯"与"但"字，突出了诗人此时百无聊赖的心绪，本想多听到一些，多看到一些，如此庶能排忧释愁，但视听毕竟有限，愁绪难以排遣。至此，则末句感叹漂泊之情就有了情感的生发基础，显得水到渠成，自然而然。

渡青草湖

阴 铿

洞庭春溜满，平湖锦帆张。
沅水桃花色，湘流杜若香。
穴去茅山近，江连巫峡长。
带天澄迥碧，映日动浮光。
行舟逗远树，度鸟息危樯。
滔滔不可测，一苇讵能航。

赏析：

　　全诗大意：洞庭湖已经蓄满了春水，平静的湖面上彩色的船帆已然张起。沅水之上已满是桃花之色，湘江之水缓缓流来杜若的香气。隐居的洞穴距离茅山非常近，长江连着巫峡延伸向远方。远天江水混为一色，碧流澄清；浮光涌起，上下波动，白日倒映其中。远树慢慢靠近，好像与行舟逗留玩耍；倦飞的鸟儿停留在危樯，歇息一下它劳累的翅膀。江水滔滔，难以测量，是谁说一叶芦苇就可以渡过它呢？

　　首句即写出青草湖的好处，"春溜满""平湖"写春水蓄满洞庭，将一幅水天相接、水平如镜的景象带给作者想象，但这是春水，与庄子笔下的秋水大不相同，如何突出这一湖春水呢？诗人在三、四句从"色""香"两个角度突出"春溜"的特殊性，而且这里的"色"与"香"与一般的文字也有不同。"色"是"桃花色"，这很容易让读者联想起陶渊明的世外桃源；"香"是"杜若香"，和屈原笔下的香草美人也有天然的联系。诗人写湖水虽然基于现实，但仍带有文学意义上的超脱。"行舟""度鸟"两句以诗人的视角写水行所见，因为具体，所以能给读者身临其境的感受。"逗"字将"行舟"与"远树"写活了，仿佛二者是有生命的个体在相互嬉戏一样，这也体现出诗人高超的炼字艺术。杜甫所赞扬的"佳句"于此可见一斑。

蜀 道 难

阴　铿

王尊奉汉朝，灵关不惮遥。
高岷长有雪，阴栈屡经烧。
轮摧九折路，骑阻七星桥。
蜀道难如此，功名讵可要。

赏析：

　　全诗大意：王尊忠心耿耿侍奉汉朝，丝毫不惧怕那灵官峡的艰险遥远。看这高高的岷山上，长年累月的积雪难以融化，而那阴翳的栈道，到底经过了多少次战火的烧毁啊！坚固的车轮在九折的山路上被摧折，七星桥又阻挡着骁勇将士所带领的车骑。蜀道是如此的凶险，功名又哪里是可以邀取的呢？

　　相传，汉朝王阳为益州刺史的时候护送母亲灵柩路过此地，怕出意外，托病辞官。而王尊行至这里却说："驱之！王阳为孝子，王尊为忠臣。"全诗以此典故发端，中间四句写岷山、栈道、九折路、七星桥等恶劣环境时，所用的"长""屡""摧""阻"这四个字，自然朴素而又蕴意丰富。陈祚明《采菽堂古诗选》曰："阴子坚诗声调既亮，无齐、梁晦涩之习，而琢句抽思，务极新隽，寻常景物，亦必摇曳出之，务使穷态极妍，不肯直率。"诗人正是抓住"长有雪""屡经烧""轮摧""骑阻"这些特点，简洁有力来极尽刻画蜀道之艰难。结尾再一次点题回应，隐含对王尊的赞赏，结构完整，坦言蜀道之难，以反问收束全诗。本诗与李白的《蜀道难》对应，结尾"功名讵可要"与李诗"不如早还家"有异曲同工之妙，但风格有所不同，一者清新流丽，一者豪迈浪漫；一者立足现实，处处有克制之感；一者任由想象，情感丝毫不加限制，此诗虽不及太白成就卓越，但不可否认它在同类主题中有开创之功。

唐诗
篇

唐诗是足以代表有唐一代文学精彩之所在，在门类繁多的题材中，山水田园诗和边塞诗是其中最负盛名的两种。唐代的山水和田园有些时候很难完全划分清楚，但作为丛书的选题，笔者努力将田园（庄园）范围内的山水排除在外，更多地选取描写名山大川一类的山水诗。当然，这也只是相对而言。

　　在唐代的山水诗中，王维和孟浩然是最为读者所熟知的，这首先与其高超的诗歌艺术有关，其次这也从一个角度反映了文学在传播与接受过程中受之前因积的结论的影响。除王、孟外，唐代还有很多写山水的大家、名篇。比如李白与杜甫，李白之潇洒、杜甫之沉郁已是众人皆知，然而受通识教育之影响，人们在看到二人的姓名后，或许会有一些固定的评价出现在脑海中，所以本书在选取了一些名篇之外，还选取了一些较为生疏的篇目，就是为了扩大人们对山水诗的认识。韩愈的诗歌险奇，以文为诗；白居易的诗浅近质朴，以至老妪能懂。这些特征在山水诗这一题材都有相应的反映，但和文学史主线的表述不同，我们在阅读和理解的时候，不可执一不变。比如说韩诗以奇险为主要风格，但其中也有极为平易晓畅者，比如本书所选的《山石》。其他诗人如刘禹锡、柳宗元、李商隐、杜牧等都可以按照这种方法来分析理解。最后，在唐人中，本书还特意选取了陆龟蒙与皮日休二人，在晚唐诗中，虽然二人亦有相应地位，但重视仍不够，尤其是以某一类题材对其进行聚焦时，二人的光芒更是被重重因素遮盖，借此以"山水"为主题也意在对其进行再一次的凸显。最后，解释一下为什么在唐代山水中没有选录孟郊、贾岛、姚合等人的作品。孟郊的山水诗还是有所特点的，最明显的就是苏轼所说的一个"寒"字，比如其《石淙》《寒溪》，这是由于篇目数量的限制，笔者一方面考虑将每位诗人尽量选三至五首组成一个独立单元，一方面还是考虑了读者的心理预期；贾岛描写山水的内容多半是从一首诗中抽绎出来的，缺少专写山水的名篇，所以在选目时做了取舍。

湖口望庐山瀑布

张九龄

万丈红泉落，迢迢半紫氛。
奔流下杂树，洒落出重云。
日照虹霓似，天清风雨闻。
灵山多秀色，空水共氤氲。

作者简介：

　　张九龄（678—740），字子寿，韶州曲江（今广东韶关）人。唐初开元年间名相，后为李林甫所潜，贬荆州长史。谥文献，世称"张曲江"或"文献公"。其诗作五言古体较出名，比如《感遇十二首》等。有《曲江集》传世，今有熊飞《张九龄集校注》，中华书局 2008 年版，可参看。

赏析：

全诗大意：那万丈高的瀑布从高耸入云的庐山顶上飞湍直下，在日光照耀下显现出微红的光辉。水汽、烟雾缭绕在山腰之上，淡淡的紫色光彩迷蒙。瀑布水势凶猛，奔腾而下冲破重重浮云的阻挡，冲击着崖壁边上杂乱的树木，而那喷洒涌溅的水花在阳光的照耀下仿佛雨后彩虹般绚烂夺目。当天朗气清之时，我听着那瀑布飞涌奔流的声音，像风雨大作时一样雄壮振发。庐山真是灵秀壮美啊，远远望去，瀑布之上云、水、雾融为一体，如仙境般迷梦美幻。

全诗首句写瀑布之形和瀑布光彩；颔联写其滚滚而下的动态；颈联以听觉营造气势，绘色兼绘声，如临其境；尾联总合点题，赞叹庐山山灵水秀。统揽全诗可以发现，在写法上，张九龄可谓单刀直入，没有任何的铺垫，直接写其所见所闻所感。劈头"万丈"二字，陡然将瀑布的雄壮表现出来，使人身临其境，如在目前。从视角上看，全诗皆为仰视所见，这与题目中的"望"字呼应，内容集中且丰富可感。全诗不同于并称描写庐山瀑布"双璧"的李白《望庐山瀑布》的壮美，除首句外，张诗稍偏俊秀，色彩感较强，相比李白的浪漫豪放，诗人更像是腼腆又意气风发的少年。清人沈德潜认为此诗可与李白"海风吹不断，江月照还空"（《望庐山瀑布》）相媲美（《唐诗别裁集》），可谓遗貌取神，慧眼如炬。

送窦校书见饯得云中辨江树

张九龄

江水天连色，无涯净野氛。
微明岸傍树，凌乱渚前云。
举棹形徐转，登舻意渐分。
渺茫从此去，空复惜离群。

赏析：

　　全诗大意：远远望去，水天相接，上下一色，漫无涯际的江水沉淀、净化着野外的烟雾。微明的曙色之中，江边的树木略具轮廓。环望江中小洲，云气仿佛杂糅其上，纷乱一团。举起船桨，船只徐徐回转；登舟分别，离别的意绪渐行渐远。此番离去，前途渺茫不可预知；离群索居，也只有空自叹息了。

　　本诗题目中有"云中辨江树"一语，此语即是谢朓《之宣城郡出新林浦向板桥》中句，曰："天际识归舟，云中辨江树。"可见谢朓的山水诗之影响的确甚大，至唐初时已经成为经典，在分题吟咏中表现出来，无形之中，谢诗便成为效法和评价的依据。张诗写景以"云""江""树"为中心，实有其物，而以虚笔出之，很好地体现出题目中的"辨"字。实虚之中，水天相连的苍茫之感又映入眼帘，其中"江水天连色"上承王勃"秋水共长天一色"（《滕王阁序》）之句而又有所创新。王勃之句可能为了句式整齐而照应其前"落霞与孤鹜齐飞"，读起来朗朗上口，而张诗一"连"字简洁到位，生动有力。结尾处"离群"是"离群索居"的简称，出自《礼记·檀弓》"吾离群而索居，亦已久矣"之句。南北朝著名诗人谢灵运也有《登池上楼》"索居易永久，离群难处心"之句，形单影只固然忧愁，无人倾诉则忧愁更甚矣。谢诗如此，张诗亦然。

宿建德江

孟浩然

移舟泊烟渚，
日暮客愁新。
野旷天低树，
江清月近人。

作者简介：

孟浩然（689—740），名未详，字浩然，后遂以字行，《新唐书》有传。襄阳（今湖北襄樊）人，世称"孟襄阳"。四十岁时赴长安应举落第，后漫游吴越。开元二十五年（737），入张九龄荆州幕府，后重新归隐鹿门，直至终老。孟浩然一生虽多为布衣，但重名天下，李白"吾爱孟夫子，风流天下闻"即可见其当时之影响。其诗歌多为山水田园而作，清净纯雅，不杂俗尘。后人将其与王维一同视为盛唐山水田园诗这代表，并称"王孟"。今有佟培基《孟浩然诗集笺注》，上海古籍出版社 2000 年版，可参看。

赏析：

　　全诗大意：我将船划到岸边，停靠在烟雾朦胧的小洲边。黄昏日落之时，离愁别绪再一次袭上心头。放眼望去，远远的旷野中，树木变得非常低小。清澈的江水边，月亮的倒影与船上的行人是如此的接近啊！

　　唐玄宗开元十八年（730），孟浩然漫游吴越，行经建德江时作有此诗。全诗开篇只是一种功能性的叙述，交代了地点、时间、人物，真正精彩的部分在于后两句的景色描写。历来评论家对此二语备为推崇，清张谦宜《茧斋诗谈》曰："低字、近字，宋人所谓诗眼，却无造作痕，此唐诗之妙也。""诗眼"是宋人提出的批评范式，比如苏轼《次韵吴传正枯木歌》"君虽不作丹青手，诗眼亦自工识拔"等，指那些对提升全诗水准大有帮助的字词，所以诗人们对这些字词刻意经营，屡加锤炼。这在晚唐诗中尤为明显，但孟诗以自然出之，丝毫不见雕刻之痕迹。正是由于"野旷"而"天低"，由于"江清"而"月近"，诗人以对偶白描景物，营造出阔大缥缈的视觉感受。《颜氏家训》引"《罗浮山记》云'望平地，树如荠'。故戴暠诗云'长安树如荠'"。和戴诗相比，孟诗避免了"长安"这个和仕途相关的词汇，使全诗更显质朴、清远。

与诸子登岘山

孟浩然

人事有代谢，往来成古今。
江山留胜迹，我辈复登临。
水落鱼梁浅，天寒梦泽深。
羊公碑尚在，读罢泪沾襟。

赏析：

　　全诗大意：人间世事不停地交替变化，来来往往不过须臾便成为了古今。江山各地保留下的名胜古迹，如今我们这辈人又相约来此登临观赏。眺望远方，水落石出，江中的鱼梁若隐若现；天气微寒，云梦泽一片迷蒙幽冷，阔大深远。那四百多年前的羊公碑依旧矗立在原地，待我将碑文读完，才忽觉泪水竟早已打湿了衣襟。

　　此诗是一首凭吊诗，怀古伤今。当年的诗人求仕不得，隐居家乡与友登临岘山，凭吊羊公碑而推及自身，深感空有抱负而无所作为。全诗开篇一改常规，以议论着笔，正如清胡本渊《唐诗近体》所说"起四句凭空落笔，若不着题"。全诗立足于容纳古今的宏大视角，下承颔联"江山留"与"我辈复登"的历史跳跃感和空间俯视感，将"鱼梁""梦泽"的萧条景象尽呈眼前。尾联的叙述也可视为作者潜在的直接抒情，西晋名将羊祜曾驻岘山，死后百姓建碑以纪念其历史功绩，望其碑者，莫不流涕，诗人联想羊祜，对比自身，正是怀古思今的表现。古人感时伤怀亦多有流泪处。司马迁在《史记·乐书》中说："余每读虞书，至于君臣相敕……未尝不流涕也。"又在《屈原贾生列传》中说："余读《离骚》《天问》……未尝不垂涕，想见其为人。"陈子昂在《登幽州台歌》中也说："念天地之悠悠，独怆然而涕下。"孟浩然的这次流涕大概也是神会古人，有所感触吧。最后，此诗所写之登山有其特殊性。正如《唐诗近体》所言，此诗之情感"与羊公登山意自然领会。移至他处登山，便成泛语"。

夜归鹿门歌

孟浩然

山寺钟鸣昼已昏，渔梁渡头争渡喧。
人随沙路向江村，余亦乘舟归鹿门。
鹿门月照开烟树，忽到庞公栖隐处。
岩扉松径长寂寥，惟有幽人夜来去。

赏析：

　　全诗大意：日落黄昏，山寺的钟声悠然敲响，渔梁渡头的行人们争相抢渡，喧闹之声不绝于耳。人们沿着沙岸朝着江村走去，我也乘着一叶小舟回到鹿门。鹿门山中皎洁的月光照清原本迷蒙的山树，忽然之间，我来到了昔时庞公的隐居之地。那岩洞门前的松间小路寂静无人，只有我这个隐者夜晚独自来去。

　　景龙二年（708）至先天元年（712）间，不惑之年的孟襄阳因入仕不顺而隐居鹿门山，此诗正是诗人夜归鹿门山时的所见所感，由黄昏江边写起至月下鹿门山结束，时空的变换，灵动而自然。前半部分江边的描写，仿佛使人在山谷中听见古刹的悠然钟声，钟虽敲响，却仍生出一种与自然和谐的静谧；与此同时，渔梁渡头的喧嚣，俨然散发着尘世的气息，人头攒动的画面仿佛映现在眼帘。一静一动，两相对比，诗人心中似乎隐约有了归处。后半部分，诗人对于鹿门山的描写，虽"不加斧凿"却"字字超凡"（明唐汝询《唐诗解》），正如鹿门山下的树为何会似烟雾缭绕、朦胧迷蒙，仿佛就如诗人的心境曾经徘徊不定，一个"开"字便将原本迷蒙的山树照得一清二楚，诗人隐居的决心似乎也在此确定。"岩扉""松径""幽人"，三个意象相结合，一种清幽殊绝的意境就自然形成，也难怪清代张揔在《唐风怀》中谓此诗"窈然幽绝"了。

宿桐庐江寄广陵旧游

孟浩然

山暝闻猿愁，沧江急夜流。
风鸣两岸叶，月照一孤舟。
建德非吾土，维扬忆旧游。
还将两行泪，遥寄海西头。

赏析：

　　全诗大意：山色渐晚，暮色四合，猿鸣声声悲切凄凉，勾起我的无限忧愁，苍青色的桐庐江水也在这夜色中急急奔去。晚风吹过，两岸的树叶沙沙作响，凄冷的月光照着江上我这一叶孤舟。建德虽美，但不是我的故乡，仍然思念我扬州的故友啊，现在只能将两行热泪，遥寄到大海的西头。

　　此诗是孟浩然长安不第后，宿于桐庐江上夜怀旧友的诗作。自古怀念旧友的诗不胜枚举，表达自己的拳拳之心更不必说，但如此悲戚之作，却实属罕见，究其原因，还是孟浩然入仕不得志后内心的痛苦与烦躁，此情之于诗中，无论是首颔两联写景，抑或是颈尾两联抒情均能得到充分体现。猿鸣引愁，水急衬躁，江水的湍急无法控制，自己怀才不遇地虚度光阴，着实使其急躁却又无可奈何，由此，凄清哀切的基调已经奠定，健拔之势已就。虽烦闷凄凉却不寒怆低沉，故沈德潜在《唐诗别裁》中言："孟公诗高于起调，故清而不寒。"诗中化用王粲《登楼赋》："虽信美而非吾土兮，曾何足以少留！"虽然建德很美，但对于孟浩然而言，却也并非是可以停留之地，山高、水长、亲人远，心中诚挚的怀念之情与落寞的悲戚之感只得通过热泪而遥寄了，全诗情感真挚，如临其境，如怀其情。

秋登万山寄张五

孟浩然

北山白云里，隐者自怡悦。
相望试登高，心随雁飞灭。
愁因薄暮起，兴是清秋发。
时见归村人，平沙渡头歇。
天边树若荠，江畔洲如月。
何当载酒来，共醉重阳节。

赏析：

　　全诗大意：面对北山上的白云连绵起伏，隐者独自欢欣愉悦。我试着登上兰山和你互相遥望，心情早已随着天上的鸿雁远去。愁绪常常因暮色迫近而引起，兴致常常是在清秋时节触发。山顶上时常看见归村的人们，走过沙岸坐在渡头边歇息。远远望去，天边的树林像荠菜一样，江畔的小洲也如同弯月。什么时候能带着酒来，和你一同在这里共度重阳开怀畅饮啊！

　　此为清秋时节登高怀友之作，前半首为登高，诗人因怀念北山的友人而登高遥望。昔陶弘景言："山中何所有？岭上多白云。只可自怡悦，不堪持赠君。"（《诏问山中何所有赋诗以答》），首二句化用此典。然而登高之后望不见友人，暮色的迫近却又使诗人惆怅起来。环望着清秋的山色，原本淡淡的哀愁又被逐渐冲淡，转为对秋日山景的欣赏。诗人情感的转折隐藏在此数句之中，这种精彩的过渡是需要读者仔细品味的，若囫囵吞枣，便无所得矣。后文继此而下，描写登高的所见之景，兰山下村人之行进与歇息、断续之树、块状之洲，与其平日所见皆有分别。其中"天边""江畔"二句比喻新奇，历来为人称道，但这是在戴暠"今上关山望，长安树如荠"的诗句上提炼而来的。显然，孟浩然未止步于此，他用"江畔洲如月"与之相对，形成一个完整的对仗，在原有的诗意之上，丰富了登高望远的意象，扩大了诗歌的表现力。《苕溪渔隐丛话》所言："余因读浩然《秋登万山》诗：'天边树若荠，江畔洲如月。'乃知孟真得暠意。"可谓的评。

耶溪泛舟

孟浩然

落景余清辉，轻桡弄溪渚。
澄明爱水物，临泛何容与。
白首垂钓翁，新妆浣纱女。
相看似相识，脉脉不得语。

赏析：

全诗大意：夕阳西落，投下些许余晖，我轻轻地摇着船桨在若耶溪中泛舟。溪水清澈明洁，水中生物可爱万分，在此清溪泛舟是多么的闲适从容。头发花白的老翁坐在溪畔垂钓，梳好新妆的女子临溪浣洗衣衫。四目相对，含情脉脉，似曾相识，却无语而别。

开元十八年（730），诗人入仕未成后，漫游于江浙一带，此诗便作于浙江的若耶溪上。全诗四十余字，几乎字字都透露着一种闲适之感。如此一篇临溪泛舟之作，本是摹水，却又将乡间田园生活融入其中，乡间生活的安然自在与清新明丽的若耶溪相互映衬，自然纯净的山水之美更显得明秀而和谐。前半部分描写临泛所见若耶溪之美，落日余晖里，诗人拨弄船桨。透过澄澈的溪水静观水中水草荡漾、游鱼嬉戏，如此灵动之景，自然使人心神愉悦，由此"不求工而自工"之境便已造就。后半所写似无意瞥见乡间之景，溪边的老翁、浣纱的女子，一种和乐之美映于笔下，田园之乐融于山水之中。末句写诗人与溪边浣纱的女子彼此相视，虽然脉脉无语，亦是含情万种。也正如刘辰翁在《王孟诗评》中所说"清溪丽景，闲远余情，不欲犯一字绮语自足"，如此清淡的语言，一种洗尽凡尘后的超然之境，更使其诗歌纯粹而无其他。此番游赏，感及溪水之宁静、和谐，一种喜爱、向往之情便存于心中，念及此时入仕的不顺，归隐田园、寓居山水的感情也就愈发强烈、呼之欲出了。

晚泊浔阳望庐山

孟浩然

挂席几千里，名山都未逢。
泊舟浔阳郭，始见香炉峰。
尝读远公传，永怀尘外踪。
东林精舍近，日暮空闻钟。

赏析：

　　全诗大意：我在江上扬帆行进了几千里，一座名山都没有遇到。直到船停在浔阳城外，我才见到那险峻挺拔的香炉峰。曾经读过高僧慧远的传记，永远怀想那绝俗尘外的踪迹。东林寺虽近在眼前，但傍晚时只有远远的钟声传来。

　　此诗作于开元二十一年（733）五月，诗人返回襄阳时途经浔阳，望见香炉峰之时。诗人观险峰，思远公，念古寺，听古钟，空灵之境中寄托着作者深深的邈远之思。诗的前四句简要交代了自己的行程，后文以所望之庐山展开想象，在表达自己对慧远法师弃尘绝俗的钦佩的同时，透露出自己对隐逸生活的追慕。诗作开篇虽淡淡几笔，看似了无深意，实为情有所钟：江行千里，阅山无数，难道就真的没有一座名山吗？事实或许并非如此，但作者这样描述，足以见得香炉峰之与众不同、非凡超俗。此"不经造意作"（出自《王孟诗评》）却为全诗营造出一种诗意的停留和期待。直到诗人望见险峻挺拔、云雾缥缈的香炉峰，才仿佛看到一种超然脱俗的仙境，又想到距此极近的东林寺，怀念起高僧慧远的往事，加之日暮时分从东林寺传来的幽远钟声，就更容易产生脱去俗谛、直追超脱的尘外之想。《唐诗别裁》曰："已近远公精舍，而但闻钟声，写'望'字意，悠然神远。"诗人所"望"，已脱略眼界，直入灵府矣。

鸟 鸣 涧

王 维

人闲桂花落，
夜静春山空。
月出惊山鸟，
时鸣春涧中。

作者简介：

　　王维（701？—761），字摩诘。原太原祁州（今山西祁县）人，后徙家蒲州（今山西永济）。开元九年（721）进士。天宝九载（750）丁母忧，隐居辋川。天宝十五载（756）安禄山叛军陷长安，被逼接受伪职，乱平后，降为太子中允。最后官至尚书右丞，故世称"王右丞"。晚年笃志信佛，亦官亦隐。王维书、画皆工，兼擅音乐。诗作各体兼备，尤善山水田园诗，与孟浩然并为盛唐山水诗之代表，后人多以"王孟"并称。其诗作有禅趣，有诗韵，有画意，表现出与其早期诗歌较大的差异。有清赵殿成《王右丞集笺注》，上海古籍出版社 2007 年版；今人陈铁民《王维集校注》，中华书局 1997 年版，可参考。

赏析：

　　全诗大意：人迹罕至的溪涧里，桂花悠悠飘落，寂静无声的深夜中，春山一片空寂。一轮明月悄悄升起，月光浮动，惊起了山中鸟雀，在这春涧之中不时高飞鸣叫。

　　此诗作于诗人漫游江南之际，彼时正处盛唐，国家安定和谐，诗人亦悠闲自在。寓于若耶溪畔，作此诗题友人，更是身心愉悦，精神超脱。全诗四句，乍看似摹"动"景，然细玩此诗，二十字中却又无不透露着"静"字。前两句无人活动的溪涧中，片片细小的桂花飘落均能察觉，以动衬静之法，用之巧妙自然，而无半点雕饰之迹。下句写静寂的深夜里，春山一片空寂，实景之静更富有一种超脱物外的禅意，不觉令人"读之身世两忘，万念皆寂"（胡应麟《诗薮》）。摩诘之奇思，并非有意为之，而在于其对现实情景平易通俗的描写中，蕴含着其对自然的沉静思考和细微捕捉。王诗"月出惊山鸟"之句，虽然源于《短歌行》"月明星稀，乌鹊南飞"，但彼时的曹操是躁动的，而摩诘居士却是心静如水。这种以外界之动衬内心之静的写法，被辛弃疾觉察到了。《西江月》中"明月别枝惊鹊"一语，正是对王维诗歌经典的致敬与重温。全诗寥寥二十字，其中蕴含的禅意，真能令人心外无物，澄澈如水。

终 南 山

王 维

太乙近天都，连山到海隅。
白云回望合，青霭入看无。
分野中峰变，阴晴众壑殊。
欲投人处宿，隔水问樵夫。

赏析:

　　全诗大意:巍峨的终南山(太乙)接连着帝都长安,连绵起伏的山峦仿佛要延续到大海的旁边。回望白色的云朵,它们已相互拢聚成片。定眼看去,青色的云气又好像已经消失无踪。山脊两侧的景色各有改变,各个山峦间的阴晴也多有不同。暮色将至,我想要在野外投宿,便隔着河水向樵夫问路。

　　首联即言终南山之高之远,甚至"近天都""接海隅",若按图质之,终南山与海必不相接;若全凭观感,终南山绵延无穷,与海相接,也不无道理。艺术的真实往往要比生活的真实更符合阅读心境,于此可见其一斑。颔联"白云""青霭"极见笔力,高步瀛谓此句"壮阔之中而写景复极细腻"(《唐宋诗举要》)。确然,云霭是一种飘浮不定的景物,没有一个具体的可描摹的形态和时间,王维的诗中的"合"与"无",皆是就其动态而言,写出了很多登山者想说而未说出的共同体会。正可谓"状难写之景如在目前,含不尽之意见于言外"。颈联"阴晴众壑殊"与杜甫《望岳》"阴阳割昏晓"相似。之后杜牧《阿房宫赋》"一日之内,一宫之间,而气候不齐"云云,也是极写宫殿之大。杜牧可能是向杜甫学习过,因为他自己曾经说过:"杜诗韩笔愁来读,似倩麻姑痒处搔。"(《读韩杜集》)但杜甫与王维二人之间,恐怕难以评论孰先孰后了。可见伟大的诗人在写相似的物事时,不谋而合也是常见的现象。

终南别业

王　维

中岁颇好道，晚家南山陲。
兴来每独往，胜事空自知。
行到水穷处，坐看云起时。
偶然值林叟，谈笑无还期。

赏析:

　　全诗大意:不惑之年,我的好道之心已愈发浓烈,到了晚年时,我终于定居在南山的脚下。常常兴致一来,我便独自前行,如此快意之事,却只我一人独自享受。信步前行,不知不觉便走到了水的尽头,索性坐下,天边的白云恰好幽然而起。有时也会偶然遇到山林中的老人,彼此谈笑,竟忘了回家的时间。

　　此诗作于唐肃宗乾元元年(758)之后,此时的王维已值晚年,虽然他官居右丞,但在经历了官场的风波后,诗人早已厌倦尘世喧嚣,心皈佛教,过着似官实隐的生活,此是首联所要表明的心迹,也是全诗的纲领,之后的文字便是对此二句的具体阐释。独享山水的美景,对他而言,这自然是人生之最大幸事,美景只能"空自知"了,不是因为僻远而无友,而是达此道者,实无几人耳。这种喜悦是内在的,因而也是孤独的。当其行于水穷之处,陷入无路可走之境时,诗人也没有黯然神伤、兴趣全无,反而以一种超脱的境界,索性坐下,此时天上的云彩为其展示了另一种时空之境界,此与佛家所谓的"应无所住,而生其心"(《金刚经》)的超脱颇为吻合。末句写偶遇林叟,相交欢笑之语,并非才枯思竭,言尽笔秃。相反,正如《王孟诗评》所言:"无言之境,不可说之味,不知者以为淡易,其质如此,故自难及。"这恰恰是澄空之心境的外化体现,无须言语,而姿态自在其中。

晓行巴峡

王　维

际晓投巴峡，馀春忆帝京。
晴江一女浣，朝日众鸡鸣。
水国舟中市，山桥树杪行。
登高万井出，眺迥二流明。
人作殊方语，莺为故国声。
赖多山水趣，稍解别离情。

赏析：

　　全诗大意：破晓时分，船向着巴峡驶去，正值暮春时节，令我倍加思念帝都长安。晴江碧绿，一位女子正在浣洗衣服。朝阳初升，各处的鸡群喈喈而鸣。江南水国，集市只在舟船之内；山间桥梁，行人如在树梢之上。登高展望，市井村落一一显现；眺望远方，二水合流历历分明。人们都讲着异乡的话语，黄莺却还啼着故里的声音。幸好此处多有山水之趣，才得以让我消解离乡别居的忧情。

　　此诗作于开元二十九年（741）暮春时节，王维为赴任而背井离乡，途经巴峡时作。全诗分为三个部分，首二句为第一部分，中八句为第二部分，末二句为第三部分。全诗语言朴素，沿尽铅华。正如《王孟诗评》所云"自然好"。例如诗中摹景之句，皆为目中所见，毫无造作。临溪浣衣、日出鸡鸣、南国舟市、山桥高耸等等，这些都是诗人的眼前之景，写来自然而然，没有任何雕琢成分。但王维的诗也有不尽如人意之处，比如此诗摹景过甚，时见冗笔。此外，诗歌的内容与题目之间未能达到良好的呼应，《增订评注唐诗正声》曰："真好巴峡诗，惜晓行意未畅。"认为诗中没有很好地体现题目中的"晓行"二字，全诗除"朝日"二字，晓行的描写太少，与温庭筠《商山早行》中"鸡声茅店月，人迹板桥霜"对"早行"的刻画存有一定的距离。

泛前陂

王　维

秋空自明迥，况复远人间。
畅以沙际鹤，兼之云外山。
澄波澹将夕，清月皓方闲。
此夜任孤棹，夷犹殊未还。

赏析：

　　全诗大意：秋季的天空自然明远敞亮，更何况它又远离于人间。沙洲的白鹤悠然闲畅，云外的山峰耿介独立。澄澈的水波微漾在将要傍晚的夕阳下，清闲的月色使天空变得益发明朗。今晚我任意地划着船桨，在前陂之中荡漾徘徊，久久不肯返回。

　　王维的诗，或者说律诗中的相当一部分，往往都有一种结构上的相似性，即首两句发端，中四句详写，末两句收束。一般而言，首尾两处主要发挥其结构性作用，全诗的精华在于中间四句：此诗的结构亦复如此。就其精华而言，此诗颔联似可略作阐释："以"和"之"都是虚词，从整体来看，诗歌中用虚词对仗得并不多，但就数量而言，倒也不乏其例。如张协《杂诗》曰："川上之叹逝，前修以自勖。"陆机《长歌行》："逝矣经天日，悲哉带地川。"曹植《吁嗟篇》："当南而更北，谓东而反西。"还有前文所选谢朓的山水诗《晚登三山还望京邑》"去矣方滞淫，怀哉罢欢宴"等等。钱锺书《谈艺录》专设"诗用语助"一条，这是读者较为方便能够查阅的资料，其中对语助入诗有较为细致的分析。简言之，语助入诗可带来较为舒缓的阅读节奏，使全句的中心更加清晰地凸显出来，比如本诗中的"畅"字，因为有"以"的加入，音节的确显得舒畅从容；"兼"字因为有"之"的引导，全句也变得错落有致，富有层次。诗用语助的写法是从古诗中来的，用在律诗中虽亦能见其妙处，但终非正格，所以也只是偶尔用之。

望庐山瀑布

李 白

日照香炉生紫烟，
遥看瀑布挂前川。
飞流直下三千尺，
疑是银河落九天。

作者简介：

    李白（701—762），字太白，号青莲居士，祖籍陇西成纪（今甘肃天水）。其先人谪居碎叶城（今吉尔吉斯斯坦托克马克市），五岁时随家迁入蜀地昌隆县（今四川江油），二十岁游历成都，从此开始漫长的干谒之路。天宝元年（742）奉旨入京，供奉翰林，旋为流言所毁，于天宝三载（744）"赐金放还"，又开始了长达十年的漫游。安史之乱时，永王璘奉诏出兵东南，李白下山入永王幕，后永王得罪，李白被牵连入狱，流放夜郎。乾元二年（759）遇赦而归，流寓南方。上元三年（762）病逝安徽当涂。李白有着儒家建功立业的愿望，也有着道家洒落、超脱的情怀。诗歌自由奔放，清新飘逸。其乐府诗多为古题新咏，歌行一如行云流水之畅达，绝句更是唐诗中的顶峰之作。李白与杜甫是唐诗中最为杰出的代表，后世并称"李杜"。有清王琦注《李太白全集》，中华书局1977年版；今人郁贤皓《李太白全集校注》，凤凰出版社2015年版，可参看。

赏析：

全诗大意：在阳光的照射下，香炉峰巅冉冉升起紫色的云烟，缭绕不绝。远望瀑布，就像长河悬挂在山前。奔腾而下的水流仿佛有三千尺那么长，让人恍惚以为是九重天外的银河突然垂落于人间。

李白诗中奇特的想象、大胆的夸张历来为人称道，然其想象与夸张并非凭空而起，正如清代宋宗元所言："非身历其境者不能道。"（《网师园唐诗笺》）其诗作切入感观之真实，已是本然。正如香炉峰顶因阳光透过蒸腾的云雾水气而产生的紫色奇观，未曾观之，固不能摹出如此真切之景，一个"生"更是将云气的升腾刻画得细致入微。然而谪仙人的妙处若仅限于此，却也不过工于摹物而已，格局未免狭小，诗作中切于实际的想象以及由此而展现的夸张手法，更是让人惊叹不已，非他人所及。观徐凝引以为豪的瀑布诗："今古长如白练飞，一条界破青山色。"（《庐山瀑布》）其描写之内容虽与太白之诗无异，然言语甚拙，且气势较太白之作，实在太过清丽。太白之诗用一"挂"字，便道尽瀑布之宽之盛，且形象可感。"三千尺""九天"之句，写瀑布倾泻而下不见始端，气势之大，超乎想象。如此奇妙之想象流于笔端之后，所摹之物便从原有的物象之中超脱出来，给人另一种独特的情感享受。因此，当苏轼将徐凝与太白的瀑布诗两相对比时，也不禁发出"帝遣银河一派垂，古来惟有谪仙词。飞流溅沫知多少，不与徐凝洗恶诗"的感慨。

独坐敬亭山

李 白

众鸟高飞尽，
孤云独去闲。
相看两不厌，
只有敬亭山。

赏析：

全诗大意：群鸟振翅高飞渐渐地没了踪影，孤云独自悠闲地飘浮在天际。只有我和敬亭山，相对而视，两不相厌。

此诗所写为独坐之景，仰观辽阔的天空，"鸟"飞尽，"云"独去，一派远去之景，顿显孤独与寂寞。相较太白诗中一贯豪放、繁华的字句，此景着实与其洒脱之笔调不太相符。但李白的潇洒毕竟非凡夫俗子所可企及，环境虽然寂寞，但李白的可爱，正在于他能够以超然的态度看待身边的云、鸟，去留无意，独赏物外。诗的后两句更是让人眼前一亮，胸怀舒展。明胡应麟《诗薮》曰："绝句最贵含蓄，青莲'相看两不厌，惟有敬亭山'，亦太分晓。"的确，此诗后两句说得太直白，不符合绝句的含蓄之美，但此两句一出，太白的真性情、真洒脱，便显露无疑。相较于呆板的作诗体例，更令人瞩目的是李白那活生生的性格。敬亭山本一静物，并无生命，亦无言与太白相对，而太白能以物外赏之，非但山花山鸟，并青山亦可友之于心。此种拟人的手法，不仅将敬亭山写活了，由此而透露出的乐趣，更是让人不得不佩服太白的自我开解。正如《红楼梦》中香菱所体悟到的那样："格调规矩乃是末事，只要词句清奇为上。"李白这"太分晓"的两句，脱出绝句的"含蓄"限制，立意之新、格调之奇，也不觉令人赞叹！

峨眉山月歌

李 白

峨眉山月半轮秋，
影入平羌江水流。
夜发清溪向三峡，
思君不见下渝州。

赏析：

　　全诗大意：秀丽的峨眉山上，悬挂着半轮秋月。平羌澄澈的江水里，倒映着明月的影子，在流动的水波中来回游走。夜间从清溪出发，驶向三峡。思念你却难以相见，只能依依不舍地向渝州而去。

　　此诗作于诗人离开蜀地去往长江中下游的途中，此时的诗人初次离开家乡，夜间行船，望行舟途中所见之景，抒发其思念家乡、恋恋不舍之感。首句即为仰望之景，峨眉山上挂着半轮秋月，峨眉山为蜀地的象征，一"秋"字不经意间点明诗歌的发生时间和情感基调，这里的"秋"不再是秋风萧瑟式的悲凉，而是秋高气爽式的豪迈。第二句则为俯视之景，平羌江中见月影游走，舟行江中亦可得知，可见诗人已经将明月视为形影不离的朋友。后两句之"清溪""三峡""渝州"将始发之地均已渗透其中，此诗的描写，在行云流水之中，全部时间、地点都已交代清楚，且毫无蓄意为之之痕迹。正如《瓯北诗话》中所言："李太白'峨眉山月半轮秋'云云，四句中用五地名，毫不见堆垛之迹，此则浩气喷薄，如神龙行空，不可捉摸，非后人所能模仿也。"此论可谓真切。全诗主要写景，但也有淡淡的情绪包含其中，末句"思君"二字，便透露出些许的惆怅，但诗人毕竟是潇洒的，与明月作别，正是其襟怀超迈、思虑澄澈之处。

夜泊牛渚怀古

李 白

牛渚西江夜，青天无片云。
登舟望秋月，空忆谢将军。
余亦能高咏，斯人不可闻。
明朝挂帆席，枫叶落纷纷。

赏析：

　　全诗大意：秋夜，我在西江之中的牛渚山仰望青天，寥廓空明的天宇中没有半点云彩。我登上小舟，仰望秋天的明月，徒然怀念起东晋的谢尚将军。我也能在此高声地吟咏出像当年袁宏所咏的怀古诗，但是像将军那样的识才尊贤之人再也无法听到了。明天我挂帆离开江渚的时候，恐怕只有枫叶纷纷飘落吧！

　　此为诗人尚未成名之前，夜经牛渚所作。全诗通过怀古，表达知音难遇之感慨。首联从西江牛渚之夜景写起，青天之中万里无云，悠然空旷的境界更能引发诗人的无限遐想，因而颔颈两联之中，便写出作者的怀古之感，遥想东晋之时，也正于此地，袁宏之诗赢得谢尚之赞赏，而诗人之才却无人可知，无限惆怅之情郁于心中，因而尾联秋叶纷纷而落的情境，不免凄凉萧瑟。故《李太白诗醇》所言"一结凄然"十分贴切。全诗通过心中所想而流转衔接，并无特意雕饰。随意识流走之痕迹，亦显其天然与空灵。《唐诗三百首》中陈婉俊于此补注曰："以谪仙之笔作律，如豢神龙于池沼中。虽勺水无波，而屈伸盘拿，出没变化，自不可遏。须从空灵一气处求之。"李白于此惆怅之际，随感而发，未暇顾及诗艺之对偶、声调，但其音韵之铿锵、情意之流转也使全诗绝妙超俗。

渡荆门送别

李 白

渡远荆门外，来从楚国游。
山随平野尽，江入大荒流。
月下飞天镜，云生结海楼。
仍怜故乡水，万里送行舟。

赏析：

　　全诗大意：我渡江来到遥远的荆门之外，在楚国故地进行游览。青山随着平野的逐渐舒展，渐渐地从视野中隐去。长江波涛滚滚，仿佛要汇入广阔无际的荒原之中。明月映入江水，如同从天上飞下的明镜。空中的白云，变幻莫测，结成绮丽的海市蜃楼。我还是更喜爱故乡的江水，不远万里送着我行进的小舟。

　　此诗是李白青年时期出蜀至荆门时赠别家乡而作，诗人远渡来到荆门，楚国故地皆是雄浑壮阔之景，不觉令人赞叹。颔颈两联包罗万象，对偶工整，寥寥二十字将这一派雄壮景象描绘得淋漓尽致，其中颔联，尤为精练，视野随着平野而逐渐开阔，与少陵诗"星垂平野阔，月涌大江流"同等规模。颈联诗人运用其浪漫主义思想，赋予全诗奇特的想象空间，将江面倒映之月、空中缥缈之云和诗人潇洒倜傥的个性一览无余。诗人虽远渡荆门，一路望尽江边壮丽之景，然毕竟所去之处甚远，诗人望着贯穿始终的滔滔江水，望其故乡所由来，思乡之情顿发，大有苏轼所言"我家江水初发源，宦游直送江入海"之意。清沈德潜认为"诗中无'送别'意，题中二字可删"（《唐诗别裁》）。窃以为此语太过严苛，虽然诗中尚未言及送别友人，但诗末借用故乡之水送"我"至荆州之事，表达对故乡的思念之情亦为显然，故"送别"二字仍在诗中，未可遽删。

望　岳

杜　甫

岱宗夫如何？齐鲁青未了。
造化钟神秀，阴阳割昏晓。
荡胸生层云，决眦入归鸟。
会当凌绝顶，一览众山小。

作者简介：

　　杜甫（712—770），字子美，河南巩县人。开元十九年（731），漫游吴越，二十三年（735）应举落第，漫游齐赵。天宝五载（746）至长安，因李林甫以"野无遗贤"之由，此年无一人及第，由是困顿长安十年，至十四载（755）始授河西尉，不赴，改任右卫率府胄曹参军。安史之乱中，杜甫从陷落地长安步行穿过两军前线到达凤翔行在，授左拾遗，因营救房琯直言进谏而受牵连。乾元元年（758）出为华州司功参军，次年弃官移居同谷，后入蜀，得严武接济，于浣花溪上营造草堂。宝应元年（762）严武还朝，徐知道叛乱，杜甫辗转绵、梓一带。广德二年（764）严武再次镇蜀，表杜甫为检校工部员外郎，故世称"杜工部"。永泰元年（765）严武卒，杜甫出蜀，居夔州。大历三年（768）自夔州出峡，漂泊于潭州、衡州一带，五年（770）卒于湘江小舟之上。杜诗多写现实，叙事宏大，无所不包，被后人称为"诗史"。杜诗融众家之长，又勇于创新，工于锤炼，艺术高妙，诗风沉郁顿挫，不拘一格。今有清仇兆鳌《杜诗详注》，中华书局1979年版；清杨伦《杜诗镜铨》，上海古籍出版社1981年版；萧涤非《杜甫全集校注》，人民文学出版社2013年版，可参看。

赏析:

　　全诗大意:五岳之首的泰山,是一番什么景象啊?齐鲁郁郁苍苍的山色无边无际,难以尽言。秀美的大自然聚集起天地之灵气,山南、山北将黄昏与黎明分割,明暗迥异。山中云气层出不穷,心胸亦为之荡漾。我努力睁大眼睛眺望远方的阵阵归鸟。我应当还有机会登上泰山的最高处,俯瞰众山罗列于脚下。

　　此诗作于诗人二十四岁漫游之际,此时正值青壮年的杜甫,望着泰山的雄伟壮阔,不禁豪情满怀。全诗由"望"字领起,四联所望之景皆不同,远望、近望、凝望、俯望融于全诗,"四十字气势,欲与岱岳争雄"(《唐宋诗醇》)。首联直呼"岱宗",即显其对泰山无法撼动地位的认可,接以写其"齐鲁青未了"的壮观之势,绵延千里,气势恢宏,更显山之高峻辽阔。颔联写自然的鬼斧神工,更显泰山之钟灵毓秀,"割昏晓"写一山之内外其景便有不同,仅用三字便将泰山之广阔雄壮展现眼前。全诗的前半部分虽未详写泰山具体景致,却已将山之全貌呈于眼前。之后诗人望岳便陷入痴狂之态,仿佛要看尽泰山之景,然限于空间未能如其所愿,使得"凌绝顶"成了望岳后迫不及待之事。由此杜诗谋篇布局之妙已然可见,正如施补华在《岘佣说诗》中所说:"《望岳》一题,若入他人手,不知作多少语,少陵只以四韵了之,弥见简劲。"着实如此。

登岳阳楼

杜 甫

昔闻洞庭水，今上岳阳楼。
吴楚东南坼，乾坤日夜浮。
亲朋无一字，老病有孤舟。
戎马关山北，凭轩涕泗流。

赏析:

全诗大意:过去就听说过洞庭湖的名声,如今有幸登上岳阳楼一睹风采。湖水像把吴楚两地东南隔开,星辰和大地日夜都漂浮在湖面之上。亲朋好友无一来信,年老体弱的我,只有这一叶孤舟相依。关山戎马尚未停歇,凭窗而望,我早已涕泪横流。

此诗作于杜甫暮年,登上岳阳楼,得偿昔日未见之憾,然于此时登高,满眼望去,皆是破碎之景,心中不禁凄楚起来。颔联写景尤为壮阔,与孟浩然的"气蒸云梦泽,波撼岳阳城"二句尚有异曲同工之妙,然少陵之诗恰似"胸中吞几云梦"(胡仔《苕溪渔隐丛话》)一般,其恢宏之气势无可比拟。于颔联壮阔之外,颈联便狭于小舟之中,慨叹自己杳无家人音信,独自飘零,如此寂寞孤独,似与前句壮阔之景相对;然从景的另一侧面来看,所写之景也恰是所遇之境,洞庭水所隔吴楚,而杜甫此时之漂泊又何尝不是与亲友相隔?日月星辰昼夜漂泊洞庭湖之上,而其自身更是终日漂泊。诗人置于船上,空无一事,也只能和湖上壮阔之景聊相慰藉了。正所谓"无事莫登高,登高休倚楼",疾病缠身、孤独无依的杜甫登上高楼,凭轩眺望,见山河破碎,战争无休,更由此愁上加愁。虽然此时诗人左臂偏枯,右耳已聋,处境极其艰辛,然更令他痛苦的却是战事未平的精神上的折磨,以至于想至此便潸然泪下,足见其忧国之深、爱国之切。

旅夜书怀

杜 甫

细草微风岸，危樯独夜舟。
星垂平野阔，月涌大江流。
名岂文章著，官因老病休。
飘飘何所似，天地一沙鸥。

赏析：

全诗大意：微风拂过，岸边细草微微摇晃。夜晚停泊江边的小舟上，高高的船桅杆耸立。星空低垂，原野显得格外平坦广阔。明月的倒影，随江水奔走，涌动不息。我的名声难道会随文章的著名而著名吗？老病之时，被休官原也是情理之中。漂泊无依的一生和什么相似呢？就像天地间一只渺小的沙鸥啊。

此诗的颔联历来为人称道，明代胡应麟曾在《诗薮》中说："'山随平野尽，江入大荒流'，太白壮语也；杜'星垂平野阔，月涌大江流'，骨力过之。"二者无意偶合之作，可谓是英雄所见略同，然少陵之语显然意境更为雄厚，"星"字较"山"更为辽阔丰富，"涌"字较"入"字亦更显动态之美。值此夜中，虽所见皆是壮阔之景，但正是仕途不顺、漂泊无依之时，诗人实在心有郁结，不吐不快。正如"不才明主弃，多病故人疏"（孟浩然《岁暮归南山》），诗人此时并没有孟浩然放得下，以自嘲来表现自己的怀才不遇、退隐不仕。尾联之自问自答也尤为显眼，正和南唐后主李煜之词"问君能有几多愁？恰似一江春水向东流"结构相似，一派孤寂凄凉的愁思也呼之欲出。此夜之中，忧愁四起却无计可施，悲从中来，看看自己此时的处境，如沙鸥一般，漂泊无依，无处可归，然也并非只是如此，正如黄生所言"语愈悲，气愈傲"（《唐诗矩》）。如此漂泊无依，却又如此自由自在，悲中之傲也暗含其中，以淡笔出之。

江　汉

杜　甫

江汉思归客，乾坤一腐儒。
片云天共远，永夜月同孤。
落日心犹壮，秋风病欲疏。
古来存老马，不必取长途。

赏析：

　　全诗大意：江汉之上，剩下我这个思归之人，天地之间，还有一个迂腐的小儒存在。远方的一片云朵与天空一样遥远，寂寥的长夜我和月亮一般孤独。日落江上，与我的雄心同在，秋风萧萧，我的病似乎已渐渐好转。老马自古以来皆堪大任，如此看来，也不必在长途中效力了。

　　首颔两联，将宏大之物与渺小之我悄然相接，一大一小的景物相互衬托，独显作者之渺小与孤独。首联"腐儒"两字，正如黄生《杜诗说》中所说："'一腐'上着'乾坤'字，自鄙而兼自负。"诗人杜甫一生服膺儒家思想，钱穆先生也说杜甫是唐代的大儒。杜甫经常在诗中提到的"吾道"就是指儒家之道，但在"吾道长悠悠"时，诗人并未放弃和背叛，而是以一种更加虔诚的态度去实践儒家的理念，即便是在异常困顿之时。"儒"前冠一"腐"字，说明诗人之清醒，已知儒不可行；"腐"后缀一"儒"字说明诗人之坚守，有举世皆浊我独清之意味。颈联恰如"老骥伏枥，志在千里，烈士暮年，壮心不已"一般，虽年老体弱，然而想到自己的豪情壮志时，仿佛连病都痊愈了，质语而感人若此！吴乔《围炉诗话》中言尾联"怨而不怒"，其实是因为无可奈何，再多的愤怒也无济于事，故而只是淡淡说去，对世事发出一丝微弱的反抗。从这一点来讲，杜诗还是符合"温柔敦厚"的诗教的。

江　亭

杜　甫

坦腹江亭暖，长吟野望时。
水流心不竞，云在意俱迟。
寂寂春将晚，欣欣物自私。
故林归未得，排闷强裁诗。

赏析：

　　全诗大意：在暖暖的江亭中袒腹而坐，不断地吟诵着野望时的风景。流水奔腾而去，但我的心境却与世无争；白云微动，和我的思绪一般安静迟滞。万籁俱寂中，春天迫近尾声。物华繁茂，一片欣欣向荣。故乡的园林是回不去了，为了排解烦闷，只好强自作诗宽慰。

　　江亭之中，诗人极尽闲适，"袒腹""长吟"寥寥几笔，尚未言其闲适，而这种心境却自然而然地显露出来，无怪杨伦《杜诗镜铨》中有"杜公性禀高明，故当闲适时，道机自露，不必专讲道学"之说。杜甫常以忧国忧民的形象示人，其诗沉郁顿挫也成了诗作的固定风格，然此诗前三联显示的闲适之情，实为另一种风趣，当然这也并非不可理解，此时诗人隐居于成都草堂，妻儿同处，生活安适。江水奔流不息，仿佛在互相竞争，但"心不竞"正是其对生活态度的坦白诉说，这两句生动形象地表现诗人隐居此处的与世无争，在风景中悠然自得的独特情感，万物"自私"，而吾亦有托，如此方是泯灭物欲，与自然一体。然而这一切都只是诗人强自思虑的结果，国事、家事的纷扰存于胸中，其内心不可能完全达到超尘脱俗的境界，末句才道出了其真实的想法，有些"曲终奏雅"的味道了。

阆 水 歌

杜 甫

嘉陵江色何所似，石黛碧玉相因依。
正怜日破浪花出，更复春从沙际归。
巴童荡桨欹侧过，水鸡衔鱼来去飞。
阆中胜事可肠断，阆州城南天下稀。

赏析：

　　全诗大意：嘉陵江的水色和什么相似呢？仿佛就像石黛碧玉交相融合。正欣赏着太阳在江面的倒影，突然一阵浪花涌来，搅乱了平静的江面。此外，还有从沙海那边归来的阵阵春意。巴地的儿童荡着船桨倾斜着从旁边经过，水鸡衔着小鱼来回飞翔。阆中美景让人如痴如醉，每一思之，肝肠寸断。阆州城南之景更是天下稀有，难得一见。

　　此诗作于广德二年（764）诗人第二次到阆中之时，诗人通过极富特点的景物描写，盛赞阆中美景，表达了对其所见之景的喜爱之情。前三句选取典型的嘉陵江景物进行刻画，从江色到江面再到江中进行描绘，一幅春江秀丽的动态景象映于眼帘。首联由自问引起江面之色，此种手法与其《望岳》的首句"岱宗夫如何"比较相似。通过自问自答的手法引起下文的内容，不失为一种好的开题，这在古诗中也多有应用。颔联采用聚焦的手法，将目光集中于"浪花"一处，在凝视过程中发现"日破浪花出"的景象，一个"破"字将水浪腾空、日影破碎的场景形象地表现了出来。颈联通过描绘"巴童荡桨""水鸡衔鱼"的景物动态地表现嘉陵江的独特生趣，因而才产生让人"断肠"的情感。谭元春在《唐诗归》中所言"选杜诗，最要存此等轻清淡泊之派，使人知老杜无所不有也"。杜诗之包罗万体，于此诗中则可窥见其风格清新之一类。

华 子 冈

裴 迪

落日松风起，
还家草露晞。
云光侵履迹，
山翠拂人衣。

作者简介：

　　裴迪，生卒年不详，字、号亦不详，长安（今西安）人，曾隐居终南山，与王维交游。安史之乱前官尚书省郎，安史之乱后曾任蜀州刺史，与王维皆为盛唐时重要的山水田园诗人，《全唐诗》卷一百二十九存诗二十九首，尤工五绝。

赏析：

　　全诗大意：日落之时，松风渐起。归家途中，草露已稀。云雾和霞光渐渐掩映着我的足迹，山色青翠，仿佛轻拂着我的衣衫。

　　此诗收于王维的《辋川集》中。诗人裴迪与王维所交甚好，此诗正作于王维隐居辋川之时，二人浮舟往来，吟咏辋川之景，风格清丽，尽显隐居生活的静谧与闲适。诗以"还家"为线索，点出日暮时分独自一人散步归家，漫步于华子冈之情形。虽是还家，却有些流连忘返之意，在对意象的塑造过程中，其描写手法独有其妙。乍观全诗，其"落日""风起""露晞""云光""山翠"仿佛二十字之间已写尽物事，其实不然，看似无形的情感却有着别样的表述。"草露晞"即言日暮归家途中，待云光一点点地侵蚀足迹之时，仍现其漫步于华子冈之态，几乎纯粹的景物描写，无意之中透露着诗人流连美景而不忍相别之情，含蓄从容，韵味深长。达到这样的意境，精确的炼字更是功不可没。一"侵"一"拂"，将流连之情、陶醉之态显露无遗。常言道"欲知其人，先观其友"，裴迪和王维一同隐居之时，所创作的诗歌亦风神相似，通过裴迪如此清绝静谧的描绘，也有助于我们对王维诗作的赏析。

暮秋扬子江寄孟浩然

刘昚虚

木叶纷纷下，东南日烟霜。
林山相晚暮，天海空青苍。
暝色况复久，秋声亦何长。
孤舟兼微月，独夜仍越乡。
寒笛对京口，故人在襄阳。
咏思劳今夕，江汉遥相望。

作者简介：

　　刘昚虚，生卒年不详，江东人。据《唐才子传》为开元二十一年（733）进士，天宝时官夏县令，《全唐诗》卷二百五十五存诗一卷。

赏析:

全诗大意:暮秋时节,江南地势低湿,每日如烟的霜雾腾起,树木的叶子纷纷凋落。江之两岸,树林与山相依,在暮色四合之际更显迷蒙,海天相接,现出一片青苍。暮色久久不能褪去,秋声又是如此的漫长。微弱的月光下,水面上一叶扁舟独自飘荡,这孤独的夜晚,我仍然独处在吴越之乡。清寒凄咽的笛声飘向京口,你却远在襄阳。我在今夕思念,你在江汉遥望。

此为诗人暮秋时节滞留异乡思念友人孟浩然所作。诗人感秋之萧瑟、怨滞留之长、思友人之切,皆蕴含于诗中,表现了自己内心的无限孤寂之情。暮秋所见之景,是不出常见的悲秋之作,一种肃杀的气氛也足以使人无限忧愁,诗的前两句写尽暮秋之景,其木叶纷纷下落之势,沿用《九歌·湘夫人》"袅袅兮秋风,洞庭波兮木叶下"之句,加以"纷纷"修饰,顿显秋意之浓。秋声何长的感叹也独显诗人此时身在异乡,孤独难熬。景物有多肃杀,内心便有多落寞,上文的描写为下文抒发怀友之情做足了铺垫。正如《唐诗别裁》中所说:"前写暮秋江景,寄孟浩然意于末四语一点,无限深情。"凄咽的笛声吹起,与友人天各一方,只能彼此思念,别无他法。全诗之情缓缓而来,并不促迫,"孤舟兼微月"之类的句子写得幽静细微。《全唐诗录》谓刘眘虚之作"情幽兴远,思苦语奇"。明代的钟惺亦酷爱其诗,大概也是看中其"幽深"一路的诗风吧。

终南东溪口作

岑 参

溪水碧于草，潺潺花底流。
沙平堪濯足，石浅不胜舟。
洗药朝与暮，钓鱼春复秋。
兴来从所适，还欲向沧洲。

作者简介：

　　岑参（715？—770），郡望南阳，江陵（今湖北江陵）人。天宝三载（744）进士及第。天宝八载（749）入安西节度使高仙芝幕府，为掌书记；十三载（754）入安西北庭节度使封常清幕府，为判官。后东归，授或补阙，官终嘉州刺史，世称"岑嘉州"。与高适同为唐代著名边塞诗人，世称"高岑"。诗风雄伟壮丽，然亦有绵丽之思，七古、七绝并有佳处。今有陈铁民《岑参集校注》，上海古籍出版社1981年版，可参看。

赏析：

　　全诗大意：澄澈的溪水比小草还青，潺潺的流水从花底穿过。平软的沙石上可供濯足，溪石浅露，更承受不起一叶小舟。或早或晚来此溪边洗药，春天秋天来到溪边垂钓，兴致所起就跟随意而行，由此而往，更想一览沧州之盛。

　　全诗用词清丽，所写皆是自然闲趣。其中颔联独有其妙，诗中未直言溪水低浅，却用"沙平""石浅"加以衬托，不言溪水，然场景立现。"胜"字将溪流屡弱之感显露无遗，与杜甫"野航恰受两三人"之"受"字有异曲同工之妙。颔联之景独显清丽，而颈联之语也尤显志趣。杜甫曾在《宾至》中说"不嫌野外无供给，乘兴还来看药栏"。杜甫虽生计艰难，然于此洗药、晒药、看药之趣，也独显其宁静闲趣，作者亦复如是，以"朝暮洗药"来表现其溪边之闲逸与安然。下句"钓鱼"之趣亦可作如是观，昔严子陵垂钓七里滩，不慕富贵，甘心过着闲淡的隐士生活，引起后人如范仲淹的极力追慕，诗人于此佳境也借此表达自己的高洁志趣、闲逸之情。此篇全无世俗气，极力撇开尘世之功名利禄，极显其高洁志趣和娴静淡然。前三联的刻画之外，作者仍觉兴味未尽，更想到素有"九河下稍"之称的沧州远行。于情而言，情则未了；于诗而言，留有余意。

晚发五溪

岑　参

客厌巴南地，乡邻剑北天。
江村片雨外，野寺夕阳边。
芋叶藏山径，芦花间渚田。
舟行未可往，乘月且须牵。

赏析：

全诗大意：客游在外，我已经厌倦了巴南一带；故乡正与剑北天壤相接。暮雨迷茫，江村正在烟雨之外；夕阳斜照，映着野寺的轮廓。肥大的山芋的枝叶掩盖了山间的小路，洁白的芦花在水田中参差出现。溪外的风景，不能前往，乘着月色仍需牵引小舟，向前进发。

五溪在今天的湖南怀化一带，与巴南相接。诗人客游在外，厌倦了异乡的生活，所以只能靠五溪的风景来消除其客旅之愁。暮雨往往是敲愁助恨的，所幸不久之后便雨过天晴，远方的寺院在夕阳的照射下，显得清净无尘，这或许能给诗人一丝物外之赏、尘外之趣吧。"芋叶"之句，写经过雨润之后，其肥大之貌以至可以遮掩山路，有韩诗"升堂坐阶新雨足，芭蕉叶大支子肥"之趣，此句与"芦花"之句形成很好的对比：芋叶肥圆，芦花修直；芋叶沿山径而上，形成一条直立式的线条，芦花参差地布局在水田之中，形成一个散状的网面，这是两种完全不同的视觉感受。末句将视线和思虑收回，再次将描写的中心放在溪行一事。"未可往"将前文所写统一收束，"且须牵"写世事未竟，且须前行。所言透露出深深的无奈与强自安慰，好在"乘月"二字，尚有愁心可寄，若在漆黑之中，其情又将何如哉！

巴南舟中夜书事

岑　参

渡口欲黄昏，归人争渡喧。
近钟清野寺，远火点江村。
见雁思乡信，闻猿积泪痕。
孤舟万里外，秋月不堪论。

赏析：

　　全诗大意：到了渡口，已接近黄昏时分。归去的人们如潮水一般，十分喧闹。临近野寺，清幽的钟声阵阵传来；远处的江村，映着渔火点点。看见大雁的时候就想起家乡的书信何时能够传来，听到猿鸣，郁积的泪水不时地夺眶而出。孤舟漂泊在万里之外时，见此一轮秋月，又怎么忍心去细说评论它的美好。

　　全诗写了作者夜宿舟中一事。诗的前半段通过"渡口""归人""江村"等意象，描绘出了游人归家的景象，反衬出作者仍是孤身一人，飘然旷野。后半部分更是渲染了凄清寂寞的氛围，作者闻雁思乡，听猿下泪，不禁想到远方的亲人朋友，看着头顶的秋月，更是有一种无处话凄凉的孤寂之感。另外，全诗语言简练也是一大特色。正如《苕溪渔隐丛话》所云："浩然《夜归鹿门寺歌》云：'山寺鸣钟昼已昏，渔梁渡头争渡喧。人随沙岸向江村，余亦乘舟归鹿门。'不若岑参《巴南舟中即事》诗云：'渡口欲黄昏，归人争渡喧。'"此诗语辞清逸，含蓄深婉，非常接近盛唐山水田园诗的风格，与写边塞诗出名的那个岑参仿佛判若两人。这也从一个方面说明了伟大的诗人，其诗风往往不会定格一端，多半有其丰富的内容和艺术风貌。如果执于一途，大概只能做到晚唐诗中格局较小的一路了。

山　石

韩　愈

山石荦确行径微，　黄昏到寺蝙蝠飞。

升堂坐阶新雨足，　芭蕉叶大支子肥。

僧言古壁佛画好，　以火来照所见稀。

铺床拂席置羹饭，　疏粝亦足饱我饥。

夜深静卧百虫绝，　清月出岭光入扉。

天明独去无道路，　出入高下穷烟霏。

山红涧碧纷烂漫，　时见松枥皆十围。

当流赤足踏涧石，　水声激激风吹衣。

人生如此自可乐，　岂必局束为人靰。

嗟哉吾党二三子，　安得至老不更归。

作者简介：

　　韩愈（768—824），字退之，郡望昌黎（今辽宁义县），后世多称韩昌黎，祖籍河阳（今河南孟县）人。贞元八年（792）进士及第，贞元十九年（803）任监察御史。元和初，为国子监博士。元和十四年（819），上书谏迎佛骨，被贬为潮州刺史。穆宗时，召回为国子祭酒，后官至吏部侍郎，人称"韩吏部"。长庆四年（824），韩愈病逝，谥号"文"，世人亦称韩文公。韩愈的诗歌在创作上追求险怪的风格，以文为诗，与孟郊一起，开创了"韩孟诗派"，在以文为诗方面给了宋诗很多启示。但是，从朱熹开始，就有人不断指出韩愈的诗风也有平易近人的一面，这种评价也是客观的。韩愈的散文创作也具有极高的水平，与柳宗元并称"韩柳"，是唐代散文的最高代表，有力地推动了唐代古文运动。他的古文雄健刚正、醇雅平易，记述、议论、抒情各体兼善，对宋文也有很大的影响。

赏析：

　　全诗大意：山石峥嵘险峭，山路狭窄如羊肠一般，黄昏时分来到寺庙，已有蝙蝠在那里飞来飞去。登上庙堂坐在台阶上，刚下的新雨沁透人心，芭蕉显得更加枝粗叶大，山栀也更加肥壮。僧人对我说古壁的佛画很好，值得一观，但用火把照看时，已经驳落模糊，所见甚少。僧人为我铺好床，又提供了斋饭，虽然简略，但足以让我填饱肚子。夜深人静，百虫鸣歌，明月从山外升起，将清冷的光芒洒进窗户。天亮离去时，竟不知路途何在，任意地上下而行，深浅于漫天的烟雾之中。山花烂漫鲜红映衬着碧绿的山涧，松栎郁郁葱葱，足有十围粗壮。光脚踏在小河中央，享受着清风吹拂衣襟的畅快。如能以此终老，也是人生的极大乐趣，又何必像被人套上缰绳的牛马一样，处处受人约束？唉，我的那些志同道合的朋友们，到了老年，我们为什么还不回归故乡呢？

　　此诗写于唐德宗贞元十七年（801）韩愈离开徐州去洛阳的途中。诗以"山石"为题，却不是歌咏山石的，而是一首叙写游踪的诗。开篇四句描绘了黄昏雨后寺庙的景象，"叶大"和"肥"生动形象地写出了寺庙宁静中的一丝生机。接着描写了寺庙内高僧的热情待客，将寺庙的自然景象和人文景象很好地结合起来。移步换景，接着写第二天的行程及所见所想，表达出作者渴望摆脱世俗、达于自由的愿望。全诗以时间为序，完整地记录了本次行历的经过，文中实词与虚词的运用都十分贴切，与散文的表达方式几无差别。后人论韩愈"以文为诗"，于此即可略见一端。

次同冠峡

韩 愈

今日是何朝，天晴物色饶。
落英千尺堕，游丝百丈飘。
泄乳交岩脉，悬流揭浪标。
无心思岭北，猿鸟莫相撩。

赏析：

全诗大意：今天是什么日子啊，天气如此晴朗，风光如此秀丽，万物如此丰富多彩，生机勃勃。花儿从千尺高的悬崖边上掉落下来，一股股河流如细丝一般蜿蜒曲折，不断流淌。钟乳倒流，交织于岩脉之上；瀑布长悬，像海上的航标一样。我已经没有心情思念岭北，猿鸟你不要再来撩拨我的心弦啊。

这首诗为唐贞元十九年（803）韩愈因上疏请朝廷宽免灾民的赋税而触怒皇帝，被贬为阳山县令时路过同冠峡所作。全诗开篇描写了风光旖旎的同冠峡，雨后天晴，一片生机，花儿从百尺高的悬崖上飘飘然坠落下来，悬崖上的钟乳倒流石上，奇特壮观，同时也表达了作者对于自然的敬畏与喜爱。然而最后一句，作者笔锋一转，由眼前的美景突然联想到了自己被贬的事情，乍看之下，韩诗的跳跃太大，细细看来，却又合情合理。贬谪之中的韩愈见到同冠峡的山水美景，大概一时忘记了旅途的忧愁，希望一直处在这宁静幽远的山水之中。但现实却一直潜藏在他的内心，提醒自己的真实处境。有谁会来提醒他呢？有猿鸟二物在不时地提醒他，韩愈想逃离心中的苦闷，而猿鸟却无情地将其拉回到现实中。愈是宣扬超脱，愈见解脱无方。韩愈的这种沉醉美景而难脱其忧的写法，在古典诗歌中是较常见的，比如杜甫在《绝句二首》（其二）中写道："江碧鸟逾白，山青花欲燃。今春看又过，何日是归年。"眼前的美景绝不是诗人们最终的停留，内心深处的栖息地仍然渺茫无所，遥不可知，这才是本诗最能引人入胜的地方。

贞 女 峡

韩 愈

江盘峡束春湍豪，雷风战斗鱼龙逃。
悬流轰轰射水府，一泻百里翻云涛。
漂船摆石万瓦裂，咫尺性命轻鸿毛。

赏析：

　　全诗大意：江水盘旋曲折，山峡束住了江岸，春天的急流汹涌而过，十分豪壮。峡中风轩激荡，鱼龙潜逃。江水从高处轰隆而下，射向水底，一泻千里，翻滚着巨大的波涛。船只在前进时随流漂荡，冲开巨石，声音如同万瓦开裂，船上的人命悬咫尺之间，轻如鸿毛。

　　《贞女峡》是作者于贞元二十年（804）所作的一首古诗。在此前一年诗人因上书言关中饥害触怒权要，被贬为阳山令。全诗以刚劲雄健的笔势，生动形象地描绘出气势磅礴、水流激荡的贞女峡。江水盘旋曲折，汹涌如潮，山峡之中的江风如野兽一般，狂嚣乱窜，以不可阻挡之势涌向四面八方，江水一泻千里，如云涛翻滚。下文用万瓦之裂形容船过巨石的感受也十分形象可感。全诗陡然而起，戛然而止，没有精心设计的蓄势之笔，也没有含无穷之意于言外的结束。正如清代刘大櫆在《论文偶记》中所说的那样："字句之奇，不足为奇，气奇则真奇矣。"全诗完全没有诗贵含蓄蕴藉的倾向，明显地体现了韩愈险怪的诗风。韩诗以匪夷所思的想象和怒张怪诞的变形，塑造出生新雄奇的意境，具有鲜明的独创性，是韩愈追求奇、险、怪诗风的典型代表。

晚泊江口

韩 愈

郡城朝解缆，江岸暮依村。
二女竹上泪，孤臣水底魂。
双双归蛰燕，一一叫群猿。
回首那闻语，空看别袖翻。

赏析：

　　全诗大意：早晨从郡城出发的时候解开系船的缆绳，到了傍晚我投靠在江岸的村落边。娥皇、女英的眼泪好像还留存在斑竹之上，水底仿佛仍然沉浸着屈原的孤魂。冬眠的燕子双双地从天际归来，山中的群猿一一地诉说它们的哀怨。回过头去，哪里还能听到昔日朋友的分别之语，离别的襟袖空自在风中翻舞。

　　此诗是贞元二十一年（805）韩愈自郴州经水路赴衡阳时所作，诗中的"郡城"指的就是郴州。全诗没有奇险的字句，也没有奇特的语势，和上一首诗作相比，可谓是平易自然了。韩愈的诗风原本就有平易的一面，从朱熹到现代学者对此都有论述，只是我们对其奇怪一路印象太深而忽略了韩诗的其他风格。诗中提到了"蛰燕"一词，这说明韩愈对外物观察得非常仔细。明末清初的蒋之翘曾经认为燕子是飞鸟，韩愈不应该像写虫蛇一样写燕子冬眠，后来蒋氏在和其父亲游览湘中的时候听乡人所说，才知道在土岸小穴中确有燕子冬眠一事。蒋氏的这段小插曲从一个侧面表现了韩诗摹物的精准，也说明了读万卷书、行万里路的必要性。最后，从艺术上解读此诗，或许有两点可以略述：一是全诗在写法上有一个明显的特点，就是前六句对仗工整，末二句以散句出之，形成了两种不同的审美倾向；二是就风格而论，此诗虽然略显低沉，但体格清净，气味自然有别。

白 云 泉

白居易

天平山上白云泉，
云自无心水自闲。
何必奔冲山下去，
更添波浪向人间。

作者简介：

　　白居易（772—846），字乐天，原籍山西太原，后迁至下邽（今陕西渭南）。贞元十六年（800）进士及第，任翰林学士、左拾遗。后因宰相武元衡被刺而上书陈事，被贬为江州司马，后又转任忠州刺史，晚年以太子宾客分司东都，遂以洛阳定居，号香山居士。白居易将其诗分为讽喻、感伤、闲适、杂律四类，其中讽喻诗以其新乐府最为有名，对后世影响也很大。白居易的诗浅近易懂，不事雕琢，与元稹一起，合称"元白"。有《白氏长庆集》传世。今有朱金城《白居易集笺校》，上海古籍出版社1988年版；谢思炜《白居易诗集校注》，中华书局2006年版，可参看。

赏析：

　　全诗大意：天平山上的白云泉旁边，白云无心，四处飘荡，清泉澄澈，叮咚含韵。泉水啊，你又何必冲奔山下而去，为人间添加那么多的波浪呢？

　　此诗写于白居易任苏州刺史期间，当时作者公务繁忙，对淡泊澄澈的清泉和逍遥无拘的白云十分羡慕，有感而发，写下此诗。首句"天平山上白云泉"描绘了天平山上泉水叮咚、云蒸霞蔚的画面，这种风景本身就已经让人陶醉了，但更妙的是诗歌的后两句，诗人突发奇想，对泉水进行了劝说：希望它珍爱此处，不要冲下山去，为纷扰的人间再增加层层的波浪。这样瞬间就为原本质而平的诗句开拓了境界，增添了乐趣。从结构上看，有一类绝句的第三句往往是全诗的转折部分，绝句的精彩处也由此开端。除此诗之外，比如韦庄《台城》"无情最是台城柳"，王之涣《凉州词》"羌笛何须怨杨柳"，苏轼《饮湖上初晴后雨二首》（其二）"欲把西湖比西子"等等，其诗歌的精彩处皆在第四句，但起引领和提示作用的却是第三句，白居易此诗亦如是。这首绝句语言质朴，体现出元白诗派"浅易"的主体风格。清代田雯谓："乐天诗极清浅可爱，往往以眼前事为见得语，皆他人所未发。"（《古欢堂集》）可谓一语中的。从日常生活中提炼哲理，用最简易的话语将其阐发、深化，这种做法对宋诗有较明显的影响，苏轼《题西林壁》可谓是这方面的代表。杨万里的诚斋体诗歌也表现出类似的审美意识和创作倾向。

渡　淮

白居易

淮水东南阔，无风渡亦难。
孤烟生乍直，远树望多圆。
春浪棹声急，夕阳帆影残。
清流宜映月，今夜重吟看。

赏析：

全诗大意：淮水自东南面就十分开阔，就算没有风也很难渡过去。湖面上孤烟直上，远处的树看起来大多是圆的。因为有春天的水浪，所以摇桨的声音也变得急劲起来；夕阳的余晖下，帆船的影子零落不全地散映在江水中。清澈的水流就应该和月光交相辉映，今晚我一定要重复地、着意地吟咏观看。

本诗作于宝历元年（825），白居易自洛阳赴苏州途中。首联直入主题，写水面波涛汹涌的淮河，这和尾联中"清流宜映月"的淮河是完全不同的，昼与夜的交替中，淮河的风景也在变换。这也使诗人在相同的空间中勾画出两种不同的审美意境，丰富了诗歌的表现力。颔联所写的"直"与"圆"是两种线条的不同之美，与王维名作《使至塞上》中"大漠孤烟直，黄河落日圆"相接近，加之上文所选谢灵运《石壁精舍还湖中作》"芰荷迭映蔚，蒲稗相因依"中芰荷之"圆"与蒲稗之"直"，这种以视觉写法为中心的诗例已经有三次了。从这一点也容易看到诗人们对高超的描写艺术的敏感捕捉。颈联将视觉和听觉结合起来，描绘出作者渡淮的场景，而且对仗工整。尾联将渡淮时的"春浪""棹声"摒弃，专门营造出夜阑江静、明月映川的意境，这种期待大概也是作者内心厌倦仕途风波，希求淡泊安宁的一种愿望吧。

九江春望

白居易

淼茫积水非吾土，飘泊浮萍自我身。
身外信缘为活计，眼前随事觅交亲。
炉烟岂异终南色，溢草宁殊渭北春。
此地何妨便终老，譬如元是九江人。

赏析：

　　全诗大意：烟波浩渺、万里迷茫的湖面不是我的故土，那漂泊的浮萍自然就成了我的化身。为生计而操劳的身外之事，任由缘分而定；私交亲友的寻觅，也依随眼前的物事而行。江面升起的炉烟和终南山上的炉烟难道有区别吗？溢江低湿之地的草色和渭北的春天也并没有什么不同啊。终老此地又有何妨呢，那就干脆认为自己就是一个九江人吧。

　　这首诗是白居易被贬九江时所写。首联实写江面迷茫，其实作者说的是自己的前途命运无法预知。以浮萍自喻，漂浮不定，仿佛也是说自己。贬谪失意中的人，更容易被外物牵动，于是强自宽解便成为诗歌的必要因素。故而中四句皆为排遣之语。万事随缘，不做安排，大概是对自己最好的保护。首句已说"非吾土"，而颈联偏偏又说和故土一样，没有区别。"岂异""宁殊"，都是用双重否定的形式表示肯定，但在这个双重否定之中，包含着作者曲折的认同过程，或许他抗争过，抱怨过，这是无可奈何之下的强自安慰。白居易在《琵琶行》中说："我从去年辞帝京，谪居卧病浔阳城。浔阳地僻无音乐，终岁不闻丝竹声。住近溢江地低湿，黄芦苦竹绕宅生。"对九江周边的景色描写显然是带有凄冷色调的，与本诗颈联的内容大不相同。两相对照之下，白居易的真实心态便跃然纸上了。尾联与颔联相似，不过其态度更加彻底，以终老此地的方式对抗心中的忧郁，看似釜底抽薪，实则更显出其解脱无方也。

入峡次巴东

白居易

不知远郡何时到，犹喜全家此去同。
万里王程三峡外，百年生计一舟中。
巫山暮足沾花雨，陇水春多逆浪风。
两片红旌数声鼓，使君艓艓上巴东。

赏析：

全诗大意：不知道远方的忠州何时才能到达，高兴的是此次全家共同前往。奔赴王命，在万里的三峡之外；百年生计，都寄托在这一叶小舟之上。巫山的夜晚下足了沾湿花枝的细雨，江水从陇外流过来，却经常有逆向的风浪。船上红旗飘扬，江边鼓声雷动，我催船前行。

这首诗作于元和十四年（819）三月。元和十年（815）白居易因宰相武元衡被刺案，上书言事，得罪执政，被贬为江州司马，不久又移官忠州（今四川省忠县）。诗人由江州赴任忠州刺史，途经三峡宿于巴东时作。首句虽然说此次任职的地方不知何时才能到达，但因为有家人的陪伴，内心也就坦然舒畅了许多。《庄子·徐无鬼》曰："夫逃虚空者，藜藋柱乎鼪鼬之径，踉位其空，闻人足音跫然而喜矣，又况乎昆弟亲戚之謦欬其侧者乎！"这是对人在孤寂时寻求安慰最好的表述了：路途之中，如一无所见，则其孤寂、恐惧可知，即便此时仅仅看到一些动物，听到人们走路时的声音就已经深感安慰了，更何况还有亲戚兄弟在身边生活呢。白居易被贬当然是不幸的，他失去了"达则兼济天下"的机会，即便能够独善其身，其内心也是惴惴不安的；但白居易毕竟也是幸运的，落魄之中，人们最容易想到的就是家人，是父母，是妻儿，是兄弟。而此时"全家"与其共赴行程，这也算是"逆浪"多风的行途中最好的安慰了吧。末句写在一片红旗、鼓声之中再赴征途，虽然带着落寞，带着悲伤，诗人大概也只能昂首走完前程了。

浦中晚泊

白居易

暗上江堤还独立，
水风霜气夜棱棱。
回看深浦停舟处，
芦荻花中一点灯。

赏析：

全诗大意：夜色黑暗之中，我一人登上江边的岸堤，静静地站在那里。水风夹杂着霜气，寒冷逼人。回看深浦之中我那停泊的小船，只有一盏灯光从芦荻之中隐约透过。

这首诗作于元和十年（815），白居易被贬为江州司马之时。首句"暗"点明了题目中的"晚"，表明夜已渐深，接着又用"夜棱棱"三字，再一次渲染环境的清冷、肃静。诗人伫立在寒风中，回看自己的船只，只见茫茫夜色中只有自己船上的一点点灯火照亮这个黑夜，在寒冷的江面、寒冷的内心中，这一盏灯火就有如一股暖流侵袭自己的身体。全诗虽只有二十八个字，但语言质朴无华，结构浑然天成，代表了绝句的主体写作方式，也代表了白居易浅近通俗的诗风。清代林昌彝就白居易此诗，在《射鹰楼诗话》中论道："七绝诗喜深而不宜浅，喜婉曲而不宜平直。"诚然，七绝的字数有限，固当于紧凑文字中，极尽腾挪之事。一览无余、毫无起伏的文字，不但是绝句所排斥的，也是文艺创作的大忌。但既要含义丰富，又要过渡自然，便只有语言大师才能从容周旋于其间。此诗的周旋、腾挪之处，正在于"回看"二字，全诗于此突然有了新的描写对象，四周的寒冷被小舟的灯火所驱散，这既是写实，也饱含寓意。短短的四句，于此"回望"处得到完美的收束、闭合，形成了一个空间和诗意的回环。

南湖早春

白居易

风回云断雨初晴，返照湖边暖复明。
乱点碎红山杏发，平铺新绿水蘋生。
翅低白雁飞仍重，舌涩黄鹂语未成。
不道江南春不好，年年衰病减心情。

赏析：

　　全诗大意：春风吹散云朵，雨过天晴的南湖边，夕阳返照，又给人们带来了温暖和明亮。漫山遍野的杏花，争相开放，点缀着春山的景色；湖面上漂浮的水萍，平铺开来，献上一片翠绿的光彩。白雁低空飞翔，仍见其身姿沉重，黄鹂的鸣叫显得生涩，没有了婉转之声。江南的春天我并没有说它不好，只是年年的衰病让自己削减了精神。

　　这首诗作于元和十二年（817），当时作者被贬谪为江州司马。整个作品刻画了一幅《南湖早春》图，首联写经历了一整个冬日之后的早春，风和煦地吹着，乌云渐散，雨后天晴，夕阳之下，波光粼粼。颔联"乱点""平铺"二词，从杂乱无规律和平铺有规律两个角度，写出了南湖周围的盎然春景。《唐宋诗醇》卷二十三中评价此诗曰"刻画早春有色泽"，便是就首颔两联而言。颈联开始描绘动态的景物，低飞的大雁、语涩的黄鹂，使全诗立刻进入了一种忧伤、低沉的感情基调，如果用王国维在《人间词话》中对景物的划分，此二句则可谓之"有我之境"，外界的环境与其内心相表里："以我观物，故物皆著我之色彩。"《唐宋诗醇》亦曰："腹联尤精警。"大概也是说这种寓情于景的手法吧。尾联解释了自己为什么在如此美好的春光中仍然郁郁不乐，没有归咎于外物，而是说自己"心情"不好，而且心情不好仅仅是因为身体"衰病"，而不是被贬谪。正可谓放下体段，而愈有身份。

早春题少室东岩

白居易

三十六峰晴，雪销岚翠生。
月留三夜宿，春引四山行。
远草初含色，寒禽未变声。
东岩最高石，唯我有题名。

赏析:

　　全诗大意:三十六峰在晴日的阳光中尽显其姿态。雪逐渐融化,山间青绿色的霭气也渐渐升起。因为月光的美丽,使我在此连宿三晚;春光的美好,引领着我向四周的山峰行走。春气尚浅,小草刚刚带上春天的颜色;候鸟未来,林子中的鸟鸣声并未改变。东岩山那块最高处的石头上,也只有我一人的题名。

　　这是作者在洛阳生活,游览少室山时所写。三十六峰是少室山最有名的景点之一。这首诗的题目就揭示了整首诗的季节和具体吟咏之处。首联描绘了三十六峰早春山间的朦胧之美,让人有一种如仙如幻的感觉。接下来,作者用"月留""春引"二词,将其活动缘由归结于外物的牵绕,这既体现了作者的雅兴,也使诗句换了一种表达和理解方式。"初含色"如韩愈所说的"草色遥看近却无"之句,都是写早春的,韩诗题为"早春呈水部张十八员外",可见在点题方面,韩愈和白居易都采用了相似的语言;下一句化用谢灵运"园柳变鸣禽"之句,谢诗说因为自己久病未能出游,待得出户之时,池塘春草已长,园柳禽声已变,白诗正是反而用之。末句中一个"唯"字表现了作者独游题名时的自豪感,也说明了其春游之"早",此诗在点题上可谓下足了功夫。全诗直白如话,通俗易懂,但其中也有精巧的布置,正可谓"看似寻常最奇崛,成如容易却艰辛"。

望 洞 庭

刘禹锡

湖光秋月两相和，
潭面无风镜未磨。
遥望洞庭山水翠，
白银盘里一青螺。

作者简介:

　　刘禹锡（772—842），字梦得，洛阳人。贞元九年（793）进士及第，后任监察御史。因参加王叔文集团，在政治斗争中失利，受牵连被贬为朗州司马，后又召回，出任连州、夔州、和州等地刺史。开成初年，以太子宾客分司东都，人称刘宾客，有《刘梦得文集》。刘禹锡的诗歌、散文都有一定的成就，以民间为基础创作的《竹枝词》《杨柳枝词》等在文学史上有一定的特色。今有《刘禹锡集》，上海古籍出版社 1990 年版，可参看。

赏析：

　　全诗大意：湖面的光景和秋天的月色很好地融合在一起，潭水在无风之时平静得像一面未磨损的铜镜。遥望湖光山色中翠绿的洞庭山水，就好像白色的银盘中一粒青螺点缀其中。

　　此诗是唐穆宗长庆四年（824）刘禹锡赴和州刺史，经洞庭湖时所作。这首诗描绘了洞庭湖优美静谧的景色，末句精妙的比喻也一直为人称道。绝句的字数是最少的，但其创作难度却是最大的，是最不好写的。作者要在有限的字词中将各种元素融在一起，形成一个完整而和谐的意境。比如末句"白银盘里"四字，"白"字要有前文"秋月"做铺垫，否则读者不知道"白"从何来；"盘"字有前文"镜未磨"做铺垫，所以才会有和铜镜一样平整的想象存在于读者的脑海之中，才会自然地将其视作同一类喻体，进而获得良好的阅读体验。所以，全诗前两句虽然也有其独立的审美特征，但从结构上讲，更多的还是为最后一句做铺垫。末句的好处，还在于他被后代诗人学习过。葛立方《韵语阳秋》曰："诗家有换骨法，谓用古人意而点化之，……刘禹锡云：'遥望洞庭山水翠，白银盘里一青螺。'山谷点化之，则云：'可惜不当湖水面，银山堆里看青山。'"黄诗不但保留了刘诗的"青山"，还创造性地把湖水之白比作"银山"，这样一来，刘诗中"银盘""青螺"这种平面与矗立的对立结构，被"银山""青山"两个矗立、并列的结构改变，扩大了诗意空间，也丰富了读者的想象。

晚泊牛渚

刘禹锡

芦苇晚风起，秋江鳞甲生。
残霞忽变色，游雁有馀声。
戍鼓音响绝，渔家灯火明。
无人能咏史，独自月中行。

赏析:

　　全诗大意:芦苇飘荡,晚风渐起,秋天的江水在晚风的吹拂下,泛起了阵阵的鳞甲。天上的晚霞忽然改变了颜色,游徙的大雁隐约传来声声的鸣叫。边戍的鼓声已经平息,渔家的灯火逐渐通明。再也没有像袁宏那样因咏史而被赏识的人了,只剩下我独自一人在月下行走。

　　瞿蜕园在《刘禹锡集笺证》中曰:"此诗首联'芦苇晚风'与'秋江鳞甲'互文为对,此是律体中之别一格,可征禹锡诗之多变化而不拘于常规也。"晚风吹起的不仅有芦苇,还有秋江的波纹,语言的条分缕析并不影响意境的互相并串整合。此外,"芦苇晚风起"还给人一种"凉风起天末"的感觉,浩荡的江面,萧萧的秋风,独行羁旅之中对此景色自然会有丝丝哀愁。下文的"游雁"仿佛就是自己的身影,在残霞变幻、芦花飘絮的晚秋,更加衬托了内心的凄凉。纪昀评论方回《奎律髓汇》所选的此诗时,说道:"三、四写晚景有神。"这个"神"一是因为用"残""余"写出了"晚泊"中的"晚"字,很好地切合了题目;二是因为"残""余"所包含的剩余无多的紧迫感,让人倍加珍惜目前,而又苦于找不到出处,景色令人压抑,心情亦复如是。最后两句使用典故,说的是东晋时代出身贫寒的袁宏,因善咏史诗而被镇守牛渚的镇西将军谢尚提携的故事。作者借用典故是说如今没有人能像袁宏那样咏史,也没像谢尚那样的知音,其实是有一种怀才不遇的忧伤之感。

秋江早发

刘禹锡

轻阴迎晓日，霞霁秋江明。
草树含远思，襟怀有馀清。
凝睇万象起，朗吟孤愤平。
渚鸿未矫翼，而我已遐征。
因思市朝人，方听晨鸡鸣。
昏昏恋衾枕，安见元气英。
纳爽耳目变，玩奇筋骨轻。
沧洲有奇趣，浩然吾将行。

赏析：

　　全诗大意：早晨的轻阴未曾散去，迎接着初生的朝阳。秋江雨过天晴，朝霞之下的江水更加的明亮。四周的草树好像也含有遥远的情思，我的心胸也变得澄清了许多。仔细凝视着万象兴起，高声吟诵着孤愤的一生。水中的大雁还没有展翅飞翔，而我已经出征远方。由此想到那些朝市逐利之人，此时也只能听到众鸡的鸣叫。昏昏沉沉，贪恋于衾裯，又怎么能看见天地之间的精华呢？呼吸着干净的空气使人耳目清爽，欣赏着奇丽的景色使人筋骨舒畅。沧河大川的奇特趣味引发了我的浩然之兴，我将义无反顾地前去探索。

　　在写山水的诗中，刘禹锡的这一首《秋江早发》可能比较特别。因为它的主体内容是写感怀的，而真正写山水的内容偏少。纵观全诗，也仅有开头两句，这一方面可能与作者当时的心情有关：心情低落之时，外物很难引起作者兴趣，其观赏自然也不太可能细致入微，后文中的"孤愤"一词便是说明。作者通过吟咏山水的景色使自己胸中的愤懑消除，正可谓实践了王安石所说的"解玩山川消积愤"一语；另一方面也是限于"早发"二字，出发的时间太早，以至于并没有清晰的景物可以描写，这可能也符合实际的创作环境。此外，"昏昏恋衾枕，安见元气英"一语也是很好的议论，昨日的杂俗之事经过"夜气"（《孟子·告子上》所论）的过滤，人的思虑在第二天的清晨会回到最清醒的时刻，俗话说"一天之计在于晨"，刘禹锡是用一种文艺的方式做了相似的转述。

望 衡 山

刘禹锡

东南倚盖卑，维岳资柱石。
前当祝融居，上拂朱鸟翮。
青冥结精气，磅礴宣地脉。
还闻肤寸阴，能致弥天泽。

赏析:

　　全诗大意:东南的地势较低,衡山便是此处的柱石。前面正是火神祝融的居处,上面可以接触到朱雀的羽毛。青苍幽远,凝结着天地的精气,磅礴之势,遍布整个地脉。我听说阴天的时候,云气凝结,就能导致满天的雨泽。

　　整首诗描绘了衡山的磅礴气势。首联写衡山直达云霄,是大地与四方支撑的柱石。这是从视觉方面入手,加之运用夸张,直接描写衡山之高。祝融峰是衡山的最高峰,通过描写峰顶可以接触飞过的鸟儿的羽毛,侧面表现山之巍峨,从另一方面来看,这也符合题目中的"望"字,仰望山峰,山峦与山间的飞鸟很容易形成视线的重叠,刘诗虽有想象,然亦可谓之写实。颈联妙在炼字,青冥之气收束于此山之中,故用"结"字,从方向上来讲,是由外入内;磅礴之脉奋发于四面八方,故用"宣"字,从方向上来讲,是由内至外。尾联由实转虚,前六句皆就衡山之实体而言,为具体可感之物象,末句就"还闻"二字引发,从虚处着笔。《公羊传·僖公》曰:"触石而出,肤寸而合,不崇朝而遍雨乎天下者,唯泰山耳。"诗人在这里将描绘泰山的文字挪至衡山,既显贴切,亦有典实。于此作结,则"望衡山"之内涵便全部展现出来,刘诗笔法细密,可见一斑。

松滋渡望峡中

刘禹锡

渡头轻雨洒寒梅，云际溶溶雪水来。
梦渚草长迷楚望，夷陵土黑有秦灰。
巴人泪应猿声落，蜀客船从鸟道回。
十二碧峰何处所，永安宫外是荒台。

赏析：

全诗大意：轻轻的冷雨洒在渡口的寒梅上，天上云彩飞动，雪水由此而下。云梦泽中的草色与楚国相连，一片迷离；作为古战场的夷陵，秦时的战火业已成灰，把土壤染成了黑色。巴地之人的眼泪伴随着猿鸣之声滴落下来，蜀地之客的船在有如鸟道的蜿蜒曲折的三峡中穿行。巫山十二峰在哪里呢？永安宫之外全都是一片片的荒台。

这首诗是长庆元年（821）初赴夔州仕途中所写。作者在永贞元年（805）被贬连州刺史出京，在此后的二十余年一直在外任途中风雨漂泊。首句描绘了渡口之景，为全诗奠定了凄冷的基调，第三句"楚望"出自《左传·哀公六年》："三代命祀，祭不越望。江、汉、睢、章，楚之望也。"写云梦泽的草挡住了楚国的山川，实际是说这片地已经荒凉了很久，没有了旧时宏伟的都城。夷陵的土地被秦军摧毁，表现了朝代更替的凄凉感，没有什么是永垂不朽的，土壤变黑更是过往历史的存留与见证，将凄冷的意境加深一层。接着五、六两句写巴人不禁潸然泪下，蜀客的船在弯弯曲曲的三峡中行进，所写之人看似与自己无关，其实其心境与外人并无差别，行于凄楚之地，又哪能没有悲伤呢？末句以想象之辞写永安宫外只有荒台，非但楚地已荒，并永安台亦不复留存矣。清胡以梅《唐诗贯珠》评曰："通篇典丽工切，洵是名家之作。"以"典丽工切"四字论之固佳，然刘诗于此之外，尚有哀而不伤、悲而不怨之优点，读者当自能体会。

江　雪

柳宗元

千山鸟飞绝，
万径人踪灭。
孤舟蓑笠翁，
独钓寒江雪。

作者简介：

　　柳宗元（773—819），字子厚，河东（今山西运城）人，世称"柳河东"。贞元九年（793）年进士及第，十四年（798）中博学宏词科，授集贤殿正字。永贞元年（805）参加王叔文政治革新集团，失败后贬为永州司马。元和十年（815）初召回京后，受武元衡等人排挤，被贬为柳州刺史，卒官。柳宗元在唐代文学史上占有重要地位，其文章与韩愈并称为"韩柳"，诗歌简淡峻洁，清幽自然。今有《柳宗元集》，中华书局 1979 年版；《柳河东集》，上海古籍出版社 2008 年版，可参看。

赏析：

　　全诗大意：所有的山，都不见飞鸟的踪迹。所有的路，都不见人的影子。只见孤舟之上，一位老翁披蓑戴笠，在漫天风雪中，独自垂钓寒江。

　　唐顺宗永贞元年，柳宗元参加了王叔文为首的政治革新运动。由于保守势力与宦官的联合反攻，致使革新失败。因此，柳宗元被贬官到有"南荒"之称的永州，柳宗元自从被贬到永州之后，精神上受到很大刺激和压抑，他就借描写山水景物，借歌咏隐居在山水之间的渔翁，来寄托自己清高而孤傲的情感，抒发自己在政治上的失意和苦闷。全诗只有二十个字，却将冬天里的凄冷淋漓尽致地表现出来。鸟"绝"，径"灭"，冷色调与尖利的词语结合在一起，将柳诗"冷峻"的风格很好地呈现出来。前两句并没有直接写雪，却能够将江雪描绘出来。三、四两句描写了寒天雪地之中，一位老者孤独地坐在船上，披蓑戴笠，垂钓于江上。这个老者仿佛就是诗人自己，别人看他好像很孤独，但其强大的内心，让人敬畏。清徐增《而庵说唐诗》曰："余谓此诗乃子厚在贬时所作以自寓也。当此途穷日短，可以归矣，而犹依泊于此，岂为一官所系耶？一官无味如钓寒江之鱼，终亦无所得而已，余岂效此翁者哉！"所言虽别取蹊径，然亦能领略此诗之好处。

夏初雨后寻愚溪

柳宗元

悠悠雨初霁，独绕清溪曲。
引杖试荒泉，解带围新竹。
沉吟亦何事，寂寞固所欲。
幸此息营营，啸歌静炎燠。

赏析：

　　全诗大意：下了好久的雨，终于放晴了，我独自绕着清澈的小溪漫步。试图用拐杖试探荒泉的深浅，解下腰带把鲜嫩的竹子围起来。低吟低唱又为何事？寂寞本来就是我的追求啊。还好有此绝妙之风景来安息我的思虑，不妨于此啸歌以消解酷热的夏天。

　　这首诗写于作者被贬永州时。从题目来看，"愚溪"二字便富有深意，和其所作《愚溪诗序》正同，作者意指自己难以忘怀政治失意，唯有放下追逐事业的功利心，假装愚笨，才能保护自己，并暂时消除内心的忧郁。该诗前两句描绘了雨后清新的景象，属于结构上的铺叙，以引起下文。三、四句表明作者已经走进风景深处，试图用手里的竹杖试探水的深浅，解下腰带围在新竹上，这些看似儿童嬉戏的动作，正表明作者正在刻意地排遣心中的苦闷。所以五、六两句便将短促的景物描写转入到抒情言志中来。"亦何事""固所欲"其实都是反语，是诗人用以自嘲的强作宽解的无奈之言。末句"幸"字亦是苦中作乐，这种达观和苏轼在逆境中的豁达是有本质区别的。所以苏轼在评价此诗时，可谓洞若观火："忧中有乐，乐中有忧，盖妙绝古今矣。"如此评论，一是由于自己有类似的经历，二者也是对前辈的一种尊敬，其实柳诗中的"乐"往往都是略带苦涩的。

溪　居

柳宗元

久为簪组累，幸此南夷谪。
闲依农圃邻，偶似山林客。
晓耕翻露草，夜榜响溪石。
来往不逢人，长歌楚天碧。

赏析：

全诗大意：长期为仕途劳累，如今被贬至南夷之地也是幸运的。闲来之时与农民、圃匠做伴，好像也成为山中的隐逸之客。早晨起来去农田耕作翻翻那些还带着露珠的杂草，到了晚上，就划着桨，触着溪石回到住处。来往之中很少见到市人，仰望永州的天空，不妨长歌一曲。

这是作者被贬永州游览风景秀丽的愚溪时所写。诗人被贬，本是一件令人忧伤的事情，可是在这里，作者觉得逃离了樊笼，来到这个地方很是幸运，欣悦的背后是无奈与自嘲，是对朝廷的愤懑。与老农为伴，翻翻杂草，划着小船，傍溪而居。表面看来，一切都是那么闲适，然而这其中无法言说的悲伤只有作者自己知道了，怀才不遇，壮志难酬，不受朝廷重用，暂时享受了一时的安详，紧随而来的又是一阵阵百忧攻心。来来往往看不到故人，也只能对空高歌，独自吟咏了。自古以来，"长歌"之举都是在满怀郁积之时才有的，"长歌可以当哭"或许是此诗最好的解释吧。全诗清丽简单，淡泊之中寓以忧伤，遣词造句多有经营。清陆鏊《问花楼诗话》说："昔人谓'诗中有画，画中有诗'，然亦有画手所不能到者。……柳子厚《溪居》诗：'晓耕翻露草，夜榜响溪石。'……此岂画手所能到耶？"画不能到，一方面是因为诗句中加入了动词"翻""榜"等，另一方面是因为画作无法清晰地表达诗人此时隐藏的情志。

岭南江行

柳宗元

瘴江南去入云烟，望尽黄茆是海边。
山腹雨晴添象迹，潭心日暖长蛟涎。
射工巧伺游人影，飓母偏惊旅客船。
从此忧来非一事，岂容华发待流年。

赏析:

　　全诗大意:瘴气萦绕的江水向南流去,直入云烟之中,一眼望去,海边之地皆为黄茅。山腰雨后天晴时,增添了大象的踪迹,水潭中心随着天气变暖,使蛟龙的口涎也变多起来。水蜮偷偷窥伺着游人,随时准备含沙射影,飓风时不时惊扰游人的船只。自从来到这里,忧虑的事情就不止一件了,哪里容得我头发花白等待流年岁月啊?

　　此诗作于唐宪宗元和十年(815)柳宗元进入广西以后,赴任柳州刺史的旅途之中。当时作者在政治上一再失意,从永州的贬谪中还没有恢复过来,便又贬至比永州更偏远的柳州,在极度的郁闷和恐惧之下,诗人写下了这首诗。前面三联都是描绘岭南的自然景象,用"瘴江""黄茆""蛟涎""飓母"等一系列具有凄冷意味和峭厉之感的意象突出表现了岭南这个地方的环境恶劣,荒无人烟,水生怪物盛行,远离京师,远离故乡,尤其又是在被贬谪的情形下,诗人可谓困苦至极,担忧至极,恐惧至极。申诉无门,孤独无助之下,诗人只好坦然接受这一切的苦难,告诫自己不能因外物之限而使流年空度,全诗也正因有此结束,前文的层层铺叙才变得有其意义。薛雪《一瓢诗话》曰:"诗有通首贯看者,不可拘泥一偏。如柳河东《岭南郊行》一首之中,瘴江、黄茆、海边、象迹、蛟涎、射工、飓母,重见叠出,岂复成诗?殊不知第七句云:'从此忧来非一事。'以见谪居之所,如是种种,非复人境,遂不觉其重见叠出,反若必应如此之重见叠出者也。"薛氏就诗歌结构而言,能统揽全局,自然下语中肯。

秋晓行南谷经荒村

柳宗元

杪秋霜露重，晨起行幽谷。
黄叶覆溪桥，荒村唯古木。
寒花疏寂历，幽泉微断续。
机心久已忘，何事惊麋鹿。

赏析:

　　全诗大意: 晚秋霜露重重, 早晨起来走向幽深的山谷。黄色的秋叶铺满溪上的小桥, 荒凉的村子里唯有古木参天。天气寒冷, 花儿稀疏凋零, 深山中的泉水微弱地断续流淌。我早已没有了机巧之心, 为何还是惊动了麋鹿呢?

　　贞元二十一年 (805), 柳宗元因政治斗争失败, 被贬为永州司马, 从此开始了痛苦的谪居生活。正如题目所示, 这是作者在游历荒村时所见所感。首联写晚秋景象, 表现了环境的凄冷肃静, "霜露重" 三字更加突出渲染了凄清寂静的氛围, 早上起来走向那幽深的山谷, 原本就是想要远离人世间的喧嚣吵闹。紧接着描绘了幽谷之所见, 移步换景, 黄叶覆桥, 整个村庄只有古木, 天气寒冷, 野花凋零, 幽谷的泉水断断续续, 这些景物很好地反映了深秋之景, 也映衬出作者此时如秋风一样寒冷的心情。诗最后作者说早就没有了那些争名逐利之心, 既是无可奈何, 也是筋疲力尽。清吴瑞荣《唐诗笺要》评曰: "清空莹澈。子厚诗在渊明下, 韦苏州上, 朱子谓学诗须从陶、柳门庭入观, 此数作益信。" 言 "清空莹澈" 固然不差, 但这只是诗人暂时的解脱, 而且带有一定的目的性, "晨起" 二字便是有意寻找幽境, 这一点和陶渊明 "悠然见南山" 之态尚有较大差距。

雨晴至江渡

柳宗元

江雨初晴思远步，
日西独向愚溪渡。
渡头水落村径成，
撩乱浮槎在高树。

赏析：

　　全诗大意：雨后天晴，寻思去江边散步，太阳从西边落下，我独自一人走向愚溪渡口。渡头的水逐渐退去，村里的小路显现出来，水中飘浮的木筏也零乱地挂在了高高的树枝上。

　　七言绝句虽然只有二十八个字，但若想取得成功也绝非易事。正如胡小石先生所言：狮子搏象，固当用其全力，若其搏兔，能不用其全力乎？此诗可分两个部分解读：前两句为铺叙、造势之部分，后两句为核心、精彩之部分。在这两个部分中，诗人可谓竭尽全力矣。首句"初"字，表明雨已是经久未停，在长时间的霖雨天气中，诗人心中有郁积概可想见。好不容易等到雨过天晴之时，诗人想远步散心，也在情理之中。第二句"独"字表明诗人是独自一人，不但补充说明了上句"思远步"的必要性，也进一步深化诗人此时的情绪，"日西"二字对情绪的细化与积累无疑是非常成功的。前两句虽然多属于功能性结构，但已将势力蓄足。三、四两句写了雨后的具体景象：水落径出，槎挂高树。言水落径出，尚不足奇，言槎挂高树，则奇矣。一个"高"字则反衬出水之大，水之大则因雨之久，如此则回到首句"江雨初晴"之句。第四句不但描写了一个独特的、难得一见的景象，也很好地回应了首句和题目，不得不说是柳宗元匠心独运所致。

渡 汉 江

元　稹

嶓冢去年寻漾水，襄阳今日渡江濆。
山遥远树才成点，浦静沉碑欲辨文。
万里朝宗诚可羡，百川流入渺难分。
鲲鲸归穴东溟溢，又作波涛随伍员。

作者简介：

　　元稹（779—831），字微之，河南洛阳人。贞元九年（793）以明经擢第，元和元年（806）对策举制科第一。然仕途多不顺，先后被贬江陵、通州、同州、武昌。继起任工部侍郎，拜相。元稹在散文和传奇方面也有一定的成就，其传奇《莺莺传》对后世影响较大。元稹的文学成就主要表现在诗歌方面，与白居易唱和很多，世称"元白"诗派。其乐府诗能借古题发新义，在叙事诗方面有所创新，是新乐府运动的中坚力量，其《连昌宫词》影响较大。今有《元稹集》，中华书局 2000 年版；周相录《元稹集校注》，上海古籍出版社 2011 年版，可参看。

赏析：

全诗大意：去年春天，奉命出使东川，便经过嶓冢山下的漾水。今天在襄阳就要渡过江岸了。远远地看着山上，树木只有一点点，再看那江水，十分清澈，连沉在江底的石碑上的文字都可以看到。汉水行经万里，终归大海的气势实在是让人羡慕，成百上千的川河流入汉江，实在难以分辨。鲵鲸归穴，使东海都溢了出来，又变成伍子胥带领的波臣，汹涌而来。

诗的题目点明了此诗的主要内容，即作者乘船渡过汉江时的所见所感。一开始点明时间、原因、地点。首联写汉江的历史渊源，汉水源出东北嶓冢山，初出山时为漾水，通过疏导，东流经合沔水，又经襄城，以下才叫汉水。颔联写在江上所能看到的远山的样子，树木成点，表现了江面的辽阔；江水之清，以至于可以见到沉在江底石碑上的文字。表面上看，这两点只是在写景，但事实上也暗用了典故，只是自然得让人不易察觉而已。"树才成点"，即孟浩然名句"天边树若芥"之意；"沉碑欲辨文"，即杜预沉碑万山之事。诗人在写景之中缅怀古人，手法可谓高妙，这与宋诗用典的方式大相径庭。颈联写汉江归海，一个"渺"字生动形象，场面壮观。写百川归海，其实有再次进入朝廷中心的含义在其中。末句提到伍子胥死后化为波臣，或许其胸中还是有一股郁结之气未得发散，故而借此抒发吧。

宿石矶

元 稹

石矶江水夜潺湲，
半夜江风引杜鹃。
灯暗酒醒颠倒枕，
五更斜月入空船。

赏析：

　　全诗大意：夜深人静，石矶的江水缓缓地流淌，半夜里的江风将杜鹃的啼声引至耳旁。灯光暗淡，五更时分酒醒灯暗，睡枕颠倒，此时一轮斜月照进了这艘孤独的空船。

　　赵翼《瓯北诗话》曰："中唐诗以韩、孟、元、白为最。韩孟尚奇警，务言人所不敢言；元白尚坦易，务言人所共欲言。"元稹的绝句也体现出语言省净、用词朴素等特点。首句和第二句中都出现了"夜"字，严格意义上讲，重复的用字在律诗中是不允许的，除非这两字意义不同，而此处元诗的重合当是作者一时疏忽所致，从表达效果上讲，"夜"的重复并没有影响全诗的流畅。夜深人静时江水潺潺，杜鹃声声，可谓"长将静趣观天地，自有幽怀契古今"。后半段写酒醒时所见，枕衾颠倒，斜月临窗，一片凌乱之中，自有一种清净留在胸中。"灯暗"正是夜半时分，此时一轮斜月的加入，不但为空船增添了明亮，也为孤寂的诗人带来些许陪伴、些许安慰。作者的一生一贬再贬，惨遭流离，内心深处充满了绝望，政治上的失意，只好靠寄情山水来排解，正应了王安石所说的"解玩山川消积愤"一语。

九日齐山登高

杜 牧

江涵秋影雁初飞，与客携壶上翠微。
尘世难逢开口笑，菊花须插满头归。
但将酩酊酬佳节，不用登临恨落晖。
古往今来只如此，牛山何必独沾衣？

作者简介：

　　杜牧（803—852），字牧之，京兆府万年（今陕西西安）人。太和二年（828）进士及第，授弘文馆校书郎，后历任黄州、池州、睦州、湖州刺史，官终中书舍人。杜牧出身名门，祖父杜佑为唐代名相，撰《通典》一书，对中国文化影响颇大。杜牧亦为《孙子》注释，有安邦定国之志。在诗歌创作上，杜牧与李商隐齐名，世称"小李杜"。杜牧诗题材多写政治和社会，风格多样，俊逸者有之，苍劲者亦有之，七绝尤佳。今有吴在庆《杜牧集系年校注》，中华书局 2008 年版；清冯集梧《樊川诗集注》，上海古籍出版社 1962 年版，可参看。

赏析：

　　全诗大意：秋景倒映在江水之中，正是大雁南飞的时节，而我和朋友提着酒壶登上了翠微色的山峰。尘世之中，难得开口而笑的时机，不如我们用菊花插满头，携手而归。来吧，只管酩酊大醉，以此来酬答这良辰佳节。真的不必要，在登山临水之时，还为夕阳西下而心怀遗憾。人生无常，世事变迁，从古到今皆是如此，又何必像齐景公那样在牛山之上泪满衣襟呢。

　　这首诗写于会昌五年（845），张祜来池州拜访杜牧，该诗就是杜牧为安慰友人张祜怀才不遇，同时抒发自己郁闷之情而作。该诗首联，就为读者呈现了一幅雁过江上南飞去，与客提壶上青山的美景。仅用几字，将江上秋景表现得淋漓尽致。《养一斋诗话》有言："晚唐于诗非胜境，不可一味钻仰，亦不得一概抹杀。如'江涵秋影雁初飞，与客携壶上翠微'……七言之上也。"颔联是名句，运用典故，《庄子》有言："上寿百岁，中寿八十，下寿六十，除病瘦死伤忧患，其中开口而笑者，一月之中，不过四五日而已矣。"所以颔联虽有抑郁之思，但还是表达了诗人旷达的态度。此句哲思所现，虽有人生事无常之感伤，亦有菊花插满头之旷达。也无怪乎朱熹隐括杜牧齐山诗时，唯有此句，几无所改："尘世难逢一笑，况有紫萸黄菊，堪插满头归。"杜牧由自己所登的齐山，联想到齐景公的牛山坠泪，"只如此"者，言古往今来，任从何人，断不能翻此局面也。全诗豪爽率真，又叹恨交加，令人感慨唏嘘，沉吟久之。

池州清溪

杜 牧

弄溪终日到黄昏，
照数秋来白发根。
何物赖君千遍洗，
笔头尘土渐无痕。

赏析：

　　全诗大意：我整天在溪边游玩，每每到黄昏时才肯离去。临水自照，苍白的发根历历可数。到底有什么样的事物才能够经得起你千遍万遍的冲洗啊，我笔上的俗尘，也渐渐没有了痕迹。

　　该诗写于会昌五年（845）秋，杜牧时任池州刺史这一闲职。开篇杜牧没有说自己多么喜爱这清溪，只是说自己常常来游玩，而且多半是一整天，直到黄昏才肯离去，侧面的描写使全诗多了一份含蓄之美。这里"秋来"一语双关，既是指时值秋天，又暗指自己已经到了人生暮年。白发丛生，心生感慨。美人已然迟暮而功业尚未能就，面对溪水照映的满头白发，又怎能不思绪万千！王安石《秣陵道中口占二首》（其一）所言："经世才难就，田园路欲迷。殷勤将白发，下马照清溪。"与杜牧有异曲同工之妙。杜牧将《孙子兵法》详细注解，自然有其非常之抱负、经世之才略，但岁月无情，英雄空老。王诗所言与此首情感相似，写法亦相似。两相比较，王诗后出转工，盖缘在"殷勤"二字，将其情感直接明显地投射到溪水中，这是杜牧诗中所没有的。诗的后两句令人拍案叫绝，原来这清溪洗涤的，是杜牧笔头的尘俗，也是其心中的郁结、心中的尘俗。得乎此，则不唯其文字，亦并其心境皆可如溪水般清澈无尘矣。

兰　溪

杜　牧

兰溪春尽碧泱泱，
映水兰花雨发香。
楚国大夫憔悴日，
应寻此路去潇湘。

赏析：

　　全诗大意：春色褪去的兰溪，唯有泱泱碧水，倒映在水面中的兰花，在雨气中益发显得幽香扑鼻。假如这里是楚国大夫屈原憔悴行吟之处，大概他也会沿着长满兰花的溪水而远溯潇湘吧。

　　该诗写于会昌四年暮春，杜牧时任黄州刺史。诗中兰溪在黄州城东南七十余里，经兰溪镇流入长江。杜牧在黄州时，经常去兰溪游玩，该诗便是某次游玩后的作品。兰菊之物，因其高洁，向来被世人以君子目之。屈原在《离骚》中说："余既滋兰之九畹兮，又树蕙之百亩。"屈原忠心为国，洁身自好，兰溪之幽静淡雅，大概也会是屈原徜徉游玩的处所。在该首绝句中，诗人由花及人，联想到楚国大夫屈原并不是没有根据的。杜牧眼看自己四十几岁，即将步入暮年却无所作为，而当时朝廷"牛李党争"更是为杜牧的功业增添了重重阻力。在其与弟杜颛的书中，杜牧有"直道事人男子业，异乡加饭弟兄心"之句，道德之坚守，身世之无奈，可谓一目了然。可见他正是以屈原自况，抒发自己怀才不遇的愤懑和不同流合污的气概。"香草美人"的传统并没有随屈原的离世而终止，相反，在遭遇到相似的情境下，诗人们往往从这些"香草"之中汲取精神养料来和污浊的社会相抗争。杜牧的山水诗，融有丰富强烈的情感，很少将山水作为单独的吟咏对象。丰富的情感内涵，使其在山水诗中占有重要的地位。

潭　州

李商隐

潭州官舍暮楼空，今古无端入望中。
湘泪浅深滋竹色，楚歌重叠怨兰丛。
陶公战舰空滩雨，贾傅承尘破庙风。
目断故园人不至，松醪一醉与谁同。

作者简介：

　　李商隐（813—858），字义山，号玉谿生。故其诗集人称"玉谿生诗集"，又号樊南生，故其文集人称"樊南文集"，怀州河内（今河南沁阳）人。开成二年（837）进士及第，早年受知于牛党的令狐楚，后又娶李党的王茂元之女为妻。牛僧孺、李德裕两党水火不容，使李商隐在政治上极度尴尬，左右都受排挤，尤其是在令狐楚之子令狐绹拜相之后，对李商隐更加长期打压，将其排挤出秘书省，之后李商隐一直在幕府中充当下僚，郁郁而终。李诗情感细腻，绵邈深情，语多朦胧，含意凄婉，但也有过于隐晦、诗义难解的缺点。今有刘学锴、余恕诚《李商隐诗歌集解》，中华书局1988年版；刘学锴、余恕诚《李商隐文编年校注》，中华书局2002年版，可参看。

赏析:

全诗大意:傍晚,潭州的官舍里人去楼空。我没由来地陷入古今的想往之中。娥皇、女英在湘水边啼哭,眼泪洒在竹子上,润出或深或浅的斑点,屈原的骚体诗中反反复复地出现兰、蕙这些香草的意象。当年陶侃用来作战、所向披靡的战舰已不复存在,江面上只留下细雨飘飞。贾谊的祠庙如今已破败不堪,只有悲风呼啸而过。目断长空,也没有望见故人的到来。松子酒虽好,又有谁能和我一醉方休呢?

心情不好的时候,最好不要登高。杜甫早就说过:"自非旷士怀,登兹翻百忧。"当年的杜甫在登上慈恩寺塔时,并不具备让其拥有"旷怀"的理由。此时壮志未酬,才华淹没的杜牧又何尝不是如此?正值郁郁不得志之时,再加上是傍晚的时候登楼,就更加地忧愁难解,也就没有来由地产生了悠悠的时空之感。他想起了湘竹上的眼泪,想起了与兰、菊为伍的屈原,还有当年叱咤风云的陶侃将军、才华横溢的贾谊太傅,如今这一切都消失在了无情的岁月中。忧怀难遣,于是只有以酒浇愁了,但现在却连一个对饮的故人都找不到,王粲《登楼赋》中"虽信美而非吾土兮"的感慨恐怕会再一次袭上杜牧的心头,种种失意叠加,其心中也就更加忧郁了。全诗在起处时便显得情绪低落,诗人也在试图排遣这种低落,但却丝毫没有办法,抗争的结果却是更深地陷入。

江　上

李商隐

万里风来地，清江北望楼。
云通梁苑路，月带楚城秋。
刺字从漫灭，归途尚阻修。
前程更烟水，吾道岂淹留。

赏析：

全诗大意：广阔的天地之间，狂风卷地而来，清江之上矗立着北望楼。云彩连绵不绝，通向梁孝王的东苑，月光带来了楚地的秋天。怀中的名刺任由它磨损消失，回去的路上依旧遇到阻碍。即使前方的道路烟水渺茫，我的道路又怎么会迟滞淹留呢？

李商隐之诗，向来晦涩难懂，此诗为江程寓怀之作，意在急归，又暗藏一"傲"字。开篇写江上之景，辽阔无际，由景及情，颈联用典，写途中之景，诉归途之情，结合典故形成了一种奇妙的想象。天上的云彩是通向梁孝王东苑的路途，梁孝王在东苑与文坛名流宴集赏雪，吟诗作赋，所召延之宾客，皆卓有才华。李商隐正是用"云通梁苑路"这样的想象，表现对自己才华的自信以及得到赏识的渴望。然而下一句"刺字从漫灭"表现出其耿介不群的高尚品质。别人是"自投名刺占陂湖"，而李商隐表现的却是无所遇合之下的无奈之叹。《孟子》言"狂者进取，狷者有所不为"，在物欲横流、党锢酷烈的晚唐，李商隐更类似于"狷"，有所不为，所以才会任从刺字漫灭。尾联中感慨道：虽然前途迷惘，但自己坚持的道路并没有错，终有畅达明白的一天。这里的"吾道"实指儒家之道，杜甫在《发秦州》中说："大哉乾坤内，吾道长悠悠。"其笔下的"吾道"也是在现实社会中被排挤和摒弃的儒家之道。但服膺于儒家文化的人一是坚守这种"道"，二是认为这种"道"在以后必定会发扬光大。

西　溪

李商隐

怅望西溪水，潺湲奈尔何。
不惊春物少，只觉夕阳多。
色染妖韶柳，光含窈窕萝。
人间从到海，天上莫为河。
凤女弹瑶瑟，龙孙撼玉珂。
京华他夜梦，好好寄云波。

赏析：

　　全诗大意：我惆怅地望着西溪流水，水慢慢流动一去不复返，令人无可奈何！不再为春物越来越少而惊叹，我只觉得夕阳西下，晚霞布满苍穹。被春色染绿的柳条婀娜多姿，柔顺的茑萝在夕阳中泛着光影。在人世间任凭到沧海，都充满灾难，上天就不要再用银河阻碍相爱的恋人了。凤女弹奏玉制的瑟，龙孙摇动玉珂应和，将来在京华的梦，要好好寄给天光云影。

　　柳仲郢曾和此诗，李商隐为此致信谢曰："某前因假日，初次西溪，既惜斜阳，聊裁短什，盖以徘徊胜景，顾慕佳辰，为芳草以怨王孙，借美人以喻君子……"由此可看出李商隐写作此诗的内在含义：芳草美人喻操守高洁的有志之士，怨王孙则是表达有志之士不得重用的愤懑。第二句"潺湲"一词甚好，《楚辞·九歌》一曰"荒忽兮远望，观流水兮潺湲"，一曰"横流涕兮潺湲，隐思君兮陫恻"。西溪之潺湲，是流水者无意，观水者有心，溪水只是淙淙流去，诗人却有太多的愁绪无法付与，溪水是可以自由流走的，而自己却被拘束于此地，不由得叹一句"奈尔何"。开篇两句看似只有淡淡失意之感，但纵观全诗，只觉李商隐想要抒发的更多是彷徨无所依托。尾句"京华他夜梦，好好寄云波"，杜甫有诗曰："夔府孤城落日斜，每依北斗望京华。"和杜甫一样，那京华梦不过是希望自己能够在朝廷治国平天下，那"好好寄云波"，寄的是云波呢，还是宣宗皇帝呢？留下的是给读者久久的回味。

西塞山泊渔家

皮日休

白纶巾下发如丝，静倚枫根坐钓矶。
中妇桑村挑叶去，小儿沙市买蓑归。
雨来莼菜流船滑，春后鲈鱼坠钓肥。
西塞山前终日客，隔波相羡尽依依。

作者简介：

  皮日休（834？—883？），字逸少，后改袭美，襄阳（今湖北襄樊市）人。曾隐居鹿门山，号鹿门子。唐懿宗咸通八年（867）进士及第，授著作郎，后迁太常博士，死于乱离之中。皮日休的诗歌反映民生疾苦，但也有一些写闲隐生活的内容，对后世都有较大影响；其小品文犀利辛辣，有批判力。今有萧涤非、郑庆笃整理之《皮子文薮》，上海古籍出版社 1981 年版，可参看。

赏析:

　　全诗大意:白头巾扎着的头发雪白如丝,老人悠闲地倚着枫树根静坐在古钓矶垂钓。中妇挑着桑叶一路走去,小儿从沙市买回了蓑衣。雨后莼菜鲜美,随着小船荡起的涟漪流动;晚春时分,上钩的鲈鱼极其肥美。西塞山前终日垂钓的隐者啊,隔着溪流真不知该如何表达我依依的羡慕之情。

　　这首诗是皮日休在西塞山所作,全诗轻松惬意,写鱼米之乡,表现的是渔家悠闲的日常生活。诗人所描写的这户人家,老人倚枫垂钓,女人们挑叶行走,儿童们笑买蓑衣,整篇诗洋溢着悠闲自适的气氛。《吴兴合璧》中描写西塞山的语言,怕是化用了皮日休的诗句:"唐张志和浮家泛宅,沿洄苕、霅之间,青笠绿蓑来往风波之际,枫叶荻花之路,或东或西,乘流垂钓之舟,惟三惟两。桑村莎市,嬉中妇与小儿,小施残妆,点岭梅与沙鸟。"此中意境,与皮日休所描述渔家如出一辙。《东岩草堂评定唐诗鼓吹》指出:"只'静''坐'二字,尽写渔家乐趣,又将'枫根''钓矶'衬出一白发老翁,宛然如画。三、桑村挑叶,四、沙市买蓑,写男女各有所事,以形出静坐之人无事。……通篇秀雅。"而《西塞山泊渔家》兼具奇、朴二态,"奇"在三言两语之间,自然之景、烟火气息、喜羡之情,皆跃然纸上。"朴"在文辞无华,描述的只不过是一普通渔家的日常生活。然不言渔家之乐,而乐自在其中也。

游栖霞寺

皮日休

不见明居士，空山但寂寥。
白莲吟次缺，青霭坐来销。
泉冷无三伏，松枯有六朝。
何时石上月，相对论逍遥。

赏析：

　　全诗大意：我登上摄山，隐士、名僧早已消失不见，空山之中，唯有一片寂寥。寺中的白莲，在我吟咏之间便已凋落而有所缺口；山间的云气氤氲，也在我坐下之后慢慢散去。泉水清冽，在这里感觉不到一丝酷暑，寺外枯松矗立，怕是六朝时期就在那里了。什么时候能找一个皓月当空的夜晚，有像明僧绍那样的人与我在石头上对坐，一同来探究逍遥游的道理，畅谈人生。

　　皮日休之诗，或忧国忧民，疾恶如仇；或游山玩水，悠闲自适。此诗乃是后者。历代诗人访咏栖霞寺，都不会漏掉明僧绍，皮日休也不例外。然明僧绍早已逝去，只留这空寺矗立在山上。寂寥的不是这山，是诗人罢了。第三句写白莲，没有从静态的角度写，而是写白莲在诗人的吟咏之间一瓣瓣凋落，将其动态美形诸笔下，可谓神来之笔。白莲是佛教之花，而皮日休本身又十分喜爱白莲，他写过"半垂金粉知何似，静婉临溪照额黄"的白莲，好友陆龟蒙也和过"无情有恨何人觉？月晓风清欲堕时"的佳句，这些句子从动、静两方面描写白莲花，亦可谓不遗余力矣。看着这白莲青霭，不由得想起王维那句"白云回望合，青霭入看无"，两句有异曲同工之妙，也许是皮日休曾读过，觉得甚好，便信手拈来。"泉冷""松枯"之句，言外意指身处幽林之中，能不被外界干扰，又暗藏一丝归隐之意，然逝者如斯，亘古不变的只有自然万物。末句较李白"相看两不厌，只有敬亭山"更显生动，所"论"之对象可为高士，亦可为石上之月。与彼，可以逍遥；与此，亦可逍遥也。

松江早春

皮日休

松陵清净雪消初，
见底新安恐未如。
稳凭船舷无一事，
分明数得鲙残鱼。

赏析:

　　全诗大意:早春之时,松陵江雪消水净,清澈见底的新安江恐怕也不能和如此美景相比。闲来无事,我稳稳地凭靠着船舷,数着江里的一条条银鱼。

　　皮日休与陆龟蒙在诗歌上不仅齐名,两人亦是好友,那本《松陵集》皆为二人唱和之作,有隐逸之趣、佛老之思。该诗描写的是早春时分,残雪初消,江水清净的松陵江,用笔清新自然,不事雕绘。在山水诗的写法中,皮、陆二人较多地受到谢朓的影响,如《和醉中偶作见寄韵》"怜君醉墨风流甚,几度题诗小谢斋",《春雨即事寄袭美》"小谢轻埃日日飞"等,皮、陆之诗更强调描写自然景物的客观真实,多采用游览纪实的手法,由远及近,叙述行踪,感发议论。前两句写眼前雪景,后两句写江水清澈平静,小船摇曳,银鱼清晰可见,状江上早春清净之景。为了突出题目中的"早"字,诗人一方面写"雪消",一方面写"银鱼",这些都很好地照应了诗题。诗人悠闲自在地细数银鱼的心态,与陆龟蒙所作"一生无事烟波足,唯有沙边水勃公"在精神上有相通之处,可谓声情并茂。末句中的"鲙残"二字是说,越王勾践方斫鱼为脍,闻吴兵将至,以其半弃之于江,比化为鱼,遂阙其一面的故事,全诗唯有此处稍显生僻,但这也是当地的通俗称呼,并非皮日休有意为之。古人云:读万卷书,行万里路,于此信然!

京 口

陆龟蒙

江干古渡伤离情，断山零落春潮平。
东风料峭客帆远，落叶夕阳天际明。
战舸昔浮千骑去，钓舟今载一翁轻。
可怜宋帝筹帷处，苍翠无烟草自生。

作者简介：

　　陆龟蒙（？—881），字鲁望，吴郡（今苏州）人。曾任苏、湖二地小吏，后隐居松江甫里，自号甫里先生、江湖散人、天随子。与皮日休同为晚唐著名文人，世称"皮陆"，二人唱和颇多。其散文亦犀利泼辣，极具讽刺力度。鲁迅在《小品文的危机》中称皮、陆散文"正是一塌糊涂的泥塘里的光彩和锋镶"便是对其艺术表现力的高度肯定。今有何锡光《陆龟蒙全集校注》，凤凰出版社2015年版，可参看。

赏析：

　　全诗大意：江岸的古渡口总是离情伤别的所在，断山零落，水平如镜。现在正是早春时节，春风料峭，客人的帆船已渐行渐远；夕阳之下，落叶纷纷，天际无限辽阔。我脑海中浮现昔日刘裕的战船铁骑，而现在这些都消失不见，只有一叶轻舟载着一位渔翁。唉，当年宋武帝在此处谋划军机，而现在这古渡口只剩下茂盛生长的野草，了无人烟。

　　该诗首联直抒离别萧瑟之情，与颔联一同勾画出一幅江边送别图，写离别之景，饱含怅惘不舍，这也为全诗奠定了萧瑟凄迷的感情基调。接着诗人又从眼前古迹，联想到昔日的宋武帝刘裕，辛弃疾称赞宋武帝北伐时，"金戈铁马，气吞万里如虎"。当年的宋武帝，以京口为基，平内乱，灭南燕、后秦，收洛阳、长安……有着显赫功勋，可见这也是一个呼唤英雄的时代。后四句就是回想当年的盛况，抒其无限景仰之情，可最后一句却笔锋一转，"可怜宋帝筹帷处，苍翠无烟草自生"，以乐景衬哀情，用茂盛生长的野草反衬古渡口的空寂荒凉，好似那句"斜阳草树，寻常巷陌，人道寄奴曾住"，表达诗人对历史兴亡的惋惜和无奈，不禁叹一句"而今安在哉"。诗人写眼前古渡江景，抒离别之思、怀古之情，融情于景，情景交融，是一篇质量上乘的七律佳作。

夕　阳

陆龟蒙

渡口和帆落，
城边带角收。
如何茂陵客，
江上倚危楼。

赏析：

全诗大意：傍晚的夕阳和渡口的船帆一齐落下，角声渐止，红日便也坠入天际。此时落魄无依，有如茂陵秋风之客的我，独自登上江边的高楼，又该是怎样的一番情怀啊！

此诗描写的是诗人在傍晚夕阳西下时分的所见所思。从字面上看，首二句未写夕阳，却处处将"夕阳"与落帆、画角放在一起描绘，在写法上明显与王勃"落霞与孤鹜齐飞，秋水共长天一色"相似，只是限于五言的诗体，作者将主语"夕阳"省略了而已。前两句写景，后两句抒情，"如何茂陵客"，不同于前两句纯粹的景语，立刻使全诗染上了一丝萧瑟惆怅之感。诗人仕途不顺，有才能，却无伯乐去赏识，无可奈何做了像司马相如那样的落魄书生，于这人世间游荡，现在只能独自倚楼叹息。陆龟蒙早年积极追求用世，重视儒学"道统"，后来治世幻想破灭，才转而用隐居的方式去追求独善和超越。他自言自己"命既时相背，才非世所容"，甚至"既被邻里轻，亦为妻子陋"。于此夕阳之下，登上高楼，感叹"如何茂陵客"，说尽了自己的无奈与叹惜、怅惘与黯然。诗人追求出世，原想淡忘世情，然而终究为身世所牵，胸怀所累，正是这种矛盾心理，他的《松陵集》中的闲适诗才会满是落寞与喟叹，此诗亦是如此。

宋诗
篇

唐诗的繁华褪去之后，来到了"皮毛落尽，精神独存"的宋诗。缪钺在《论宋诗》中对唐、宋诗的区别做了精辟的说明："唐诗以韵胜，故浑雅，而贵蕴藉空灵；宋诗以意胜，故精能，而贵深折透辟。唐诗之美在情辞，故丰腴；宋诗之美在气骨，故瘦劲。唐诗如芍药海棠，秾华繁采；宋诗如寒梅秋菊，幽韵冷香。唐诗如啖荔枝，一颗入口，则甘芳盈颊；宋诗如食橄榄，初觉生涩，而回味隽永。譬诸修园林，唐诗则如叠石凿池，筑亭辟馆；宋诗则如亭馆之中，饰以绮疏雕槛，水石之侧，植以异卉名葩。譬诸游山水，唐诗则如高峰远望，意气浩然；宋诗则如曲涧寻幽，情境冷峭。唐诗之弊为肤廓平滑，宋诗之弊为生涩枯淡。"就山水诗而言，亦多与此论相合。

梅尧臣作为宋诗的开拓者，在写法上故意以沧桑老态作为诗歌的结尾，与追求言有尽而意无穷的唐诗大异其趣。王安石的宰相身份使他与很多诗人区分开来，才高气盛的他，诗中的规模和气象都是他人难以企及的，晚年转向唐诗一路，创作出为后人所称道的"荆公体"，但王安石在向唐人学习之外，尚有与唐诗一较高下之意，绝不是仅仅服膺于唐诗。苏轼才华横溢，总是在不经意间表现出他人难以追求的高度，这与其超然洒脱的人生态度亦有关系，《百步洪》是我们认识其诗歌创作的一个很好的新的观察点。黄庭坚的诗一向以"山谷体"著称，瘦硬奇崛一直是其诗歌的主导风格，但在山水这一栏目中，让我们看到了其平淡质朴的一面。陈师道的"后山体"却没能像黄庭坚一样可以有多变的阅读体验，一贯地保持着其固有的特色，就像钱锺书说的那样，诗语就好比病得还剩一丝两气的人说话，听起来断断续续，不太流畅，但细细体味之下，却内涵丰富。杨万里、陆游、范成大作为"中兴四大诗人"，其山水诗与其整体创作风格十分接近，大概可以尝鼎一脔吧。最后，在宋代诗人中，笔者还选取了朱熹的两首诗。朱熹作为理学家已经为人所熟知，但其作为文学家却少有人关注，尤其是作为诗人，朱熹的才华还需要更多的时间来认识和传播。

鲁山山行

梅尧臣

适与野情惬，千山高复低。
好峰随处改，幽径独行迷。
霜落熊升树，林空鹿饮溪。
人家在何许，云外一声鸡。

作者简介：

梅尧臣（1002—1060），字圣俞，宣城（今安徽宣州）人，因宣城古称宛陵，故世称"梅宛陵"，官至尚书都官员外郎，故又称"梅都官"。早年与欧阳修、苏舜钦等交流，同行及后辈多以"诗老"尊之。论诗以"深远古淡"为尚，在诗歌写法及题材方面多有开创，虽然有些尝试不够成功，但他为宋诗的开拓起到了重要的作用，刘克庄称他为"宋诗开山祖"。今有朱东润《梅尧臣集编年校注》，上海古籍出版社 2006 年版，可参看。

赏析：

　　全诗大意：连绵起伏的鲁山恰好迎合了我喜爱山野的情趣，千峰竞秀，高低起伏。路途中的山峦随观看角度的不断变换而变换，我独自一人行走在蜿蜒曲折的小路上，竟迷失了方向。早霜已落，野熊正在缓慢地爬树。空旷的山林间，野鹿在悠闲地喝着溪水。我不禁怀疑，这山里的人烟在哪里呢？就在此时，忽然听到云雾缭绕的山间传来一声鸡鸣。

　　这首诗描绘了多种意象，将山间各景描写得多姿多彩。首句诗人便兴致勃勃地说："适与野情惬，千山高复低。"这里用了一个倒装，按照正常时间顺序，应该是先有"千山高复低"，再有"适与野情惬"，但是诗人一加倒装，便对这次旅行给自己带来的欢乐做了强调，一个"适"，一个"惬"，二字更加形象地表现出诗人内心的喜悦。诗人独自在山间行走，无人做伴，这"径"便是"幽径"，"行"便是"独行"，正是如此，流连徘徊之中才容易"迷"路，另外，这一"迷"字以小见大，又反衬出前句"千山高复低"的境界。而尾联以"人家在何许，云外一声鸡"作结，言有尽而意无穷，与"幽径独行迷"相呼应，"山行"之时，我于这山间迷路，忽然听到云外一声鸡鸣，颇有"白云生处有人家"的意味，似乎下一秒，就可以"山重水复疑无路，柳暗花明又一村"。云外一声鸡鸣，唤醒了独行忘境的诗人，也提升了读者的阅读品位。

青龙海上观潮

梅尧臣

百川倒蹙水欲立，不久却回如鼻吸。
老鱼无守随上下，阁向沧洲空怨泣。
推鳞伐肉走千艘，骨节专车无大及。
几年养此膏血躯，一旦翻为渔者给。
无情之水谁可凭，将作寻常自轻入。
何时更看弄潮儿，头戴火盆来就湿。

赏析：

　　全诗大意：百川倒灌而来，水波好像直立起来，不久之后潮水又退回，就像用鼻孔吸回一样。老鱼没有了守卫之力，随波上下，被搁置在海滩上空自怨泣。为了能够得到这些大鱼，将其去鳞划肉，千百艘船只相争不下，此时就算剔剩的骨头能够大到装下整个车子，对这些鱼来说又有什么乐趣呢？好多年才养成如此硕大的躯体，一遭就成了渔者的供给。无情的潮水又怎么能够值得依靠呢，是你们把它看成平常一样，轻易地进出其间。什么时候再看一看潇洒的弄潮儿，头顶烈日来浪中搏斗一番啊！

　　刘克庄称梅尧臣为"宋诗开山祖"，此言诚非虚语，于此即可略作例。首句写"水欲立"，明显是借鉴了杜甫《朝献太清宫赋》"四海之水皆立"的影响，之后苏轼在《有美堂暴雨》中说"天外黑风吹海立"表现得更加明显了。下句写老鱼在潮退搁浅时，用到了一个"阁"字，将其狼狈无依、环顾无助之状形象地刻画了出来，后来苏轼写病鹤"三尺长胫阁瘦躯"（《鹤叹》）亦更加形象，可谓后出转精了，再之后范成大写自己"蒲团阁瘁肤"（《藻侄比课五言诗，已有意趣，老怀甚喜，因吟病中十二首示之，可率昆季赓和，胜终日饱闲也》其四）就等而下之了。梅尧臣为了开拓，也付出了一些代价，就此诗而言，有些语言有故意求僻之病，比如"推鳞""骨节专车"等就过于冷僻，几至影响阅读。此外，用"火盆"比喻炎日也不太具有艺术美感。

葛 溪 驿

王安石

缺月昏昏漏未央，一灯明灭照秋床。
病身最觉风露早，归梦不知山水长。
坐感岁时歌慷慨，起看天地色凄凉。
鸣蝉更乱行人耳，正抱疏桐叶半黄。

作者简介：

　　王安石（1021—1086），字介甫，号半山，临川（今江西抚州）人。庆历二年（1042）进士及第，历任翰林学士兼侍讲、参知政事、同中书门下平章事。熙宁二年（1069）推行新政，史称"熙宁变法"，后改革失败，于熙宁七年（1074）辞相。一年后，受宋神宗再次起用，旋又罢相，归居金陵钟山。封舒国公，后封荆国公，世称"王荆公"。元祐元年卒，赠太傅，谥文，世又称"王文公"。王安石是北宋著名文学家，诗、词、文并善，诗歌学习杜甫，以才学为诗，开江西诗派先声，晚年七绝专学唐诗，世称"荆公体"。散文雄健遒劲，犀利有锋芒。今有《王文公集》，上海人民出版社1974年版，可参看。

赏析：

　　全诗大意：残月当空，月色昏暗，漏声未尽，黑夜犹长。一盏油灯忽明忽暗地照着我的床头。多病的身体最能够感受到风霜的寒意，梦故归乡，不知不觉中已行尽千山万水。披衣起坐，这纷扰的世事令人不禁感慨高歌，起床漫步，看这天地间一片凄凉。疏桐之间，一只秋蝉正抱着枯黄的叶子，蝉鸣之声传入耳中，使羁旅行役中的我更加心烦意乱。

　　全诗在写作顺序上十分清晰，首先是写行旅之中病卧孤床，见缺月昏暗，灯光明灭，多病之身加之阴晦之景，其心绪自然颇不宁静，百无聊赖之时，客中思乡便也有了自然的生发契机。"归梦"不得，只有浩歌泪盈把、长歌以当哭了，既然卧中不能释情，便也不妨勉强打起精神，起床夜行，看一看夜中的景色能否舒缓自己的愁思。然而这种尝试也是失败的，疏桐枯叶之间，蝉鸣乱耳，更加不得平静矣。诗人将外界的客观景物与内心的情感活动很好地融合在一起，正可谓之"有我之境"，全诗情感浓郁而语言精练，与杜诗七律大为相类。清许印芳在《瀛奎律髓》中评此诗曰："诗律精细如此，而气脉贯连，无隔塞之病。加之以风格高老，意境深沉。半山学杜，此具得其神骨矣。"将此诗的好处做了很好的揭示，可谓知人知言。

天童山溪上

王安石

溪水清涟树老苍，
行穿溪树踏春阳。
溪深树密无人处，
唯有幽花渡水香。

赏析：

　　全诗大意：清澈的溪水泛起层层涟漪，树木苍劲倒映其中。行走在溪边，穿过树丛，脚踏春光。溪流深处无人来往，只见树林茂密；清风徐来，隔岸的花香幽然而来。

　　这首诗应当是王安石在鄞县时公务之暇的游历所作。全诗仅二十八字，按常理来说，七言绝句不能有文字的重复，这样才能表达更多的内容。然而这首小诗中，"溪""树"皆出现三次，"水"字出现两次，不但用词有重复之嫌，在达意上恐怕也有影响，但在诗人贯穿全诗的意趣下，文字的束缚被完全地打破，"溪深"之处，也进行到了绝句的纵深之处，承载全诗重心的末句，诗人果然没有让读者失望，一阵幽香，轻轻地飘浮于溪水之上，却寄托了全诗的灵动与意趣，缓缓而来，与心神相契，与山溪相存。从全诗的意境上看，首句的"清"字起到了提纲挈领的作用，下句"春阳""幽花"都是在此清静的环境中才能生发出其应有的意义，诗人善于开端于此亦可体现。第三句中的"无人处"也应注意，诗人将其他外物一律排开，空旷无人时，幽花的香气隔溪而过，这体现了诗人以静心赏万物、以幽怀参天地的情志。从诗歌创作方法上看，遗落众多芳华，唯留一端最后出场，如此想要表现的对象才能不受干扰地被凸显出来。早在青年时，王安石已经完美地体现了诗人高超的艺术修养。

金 山 寺

王安石

重经高处寺，一与白云亲。
树木有春意，江山如故人。
幽轩含气象，偏影落风尘。
日暮临归去，徘徊欲损神。

赏析：

　　全诗大意：再次来到高高的山寺，作意与白云相亲。树木丛中，满是春天的气息；江山久别，有如故人重逢。幽静的轩窗中自含天地之气象，偏隅的影子下落于风尘之中。日暮归去之时，流连徘徊处，已是黯然神伤。

　　王安石是做了宰相的大诗人，这个身份在诗歌史还是非常少见的。有宰相的胸襟，兼具诗人的气质，就使得他的诗作格局大、境界宽，言语之间多见从容潇洒、风采动人。"一与"表现出诗人之前情感的蓄积，"一"有专一、唯一之意，也说明诗人的选择与专注。"树木""江山"之句，将其个人情怀完全托付于具体的物象之中，更显其淡泊与高致。曾国藩有一名联，曰："客至不嫌听夜雨，兴来每欲写春风。"夜雨有何可听？然对于高雅之人而言，夜雨滴阶自别有一番孤寂清幽；而春风无痕，何能以笔写之？这是因为主体的兴趣所及处，以春风为友，非此不足以见其入宇宙之空间，悟天地之妙处。王安石笔下的"春意"与"故人"，其实亦是以万象为宾客，邀其于座间而揖之也。第五句中的"气象"更是诗人胸怀的直接体现，晚唐专门属对的诗人是难以达到这种规模的。全诗书写较为直白，直抒其意，没有丝毫婉转掩盖处，这也从一个方面体现了诗人傲而直的性格。

北 山

王安石

北山输绿涨横陂，
直堑回塘滟滟时。
细数落花因坐久，
缓寻芳草得归迟。

赏析:

　　全诗大意:北山流淌下的碧绿的春水涨满了山底的陂塘,笔直的沟渠边、弯曲的回塘里,到处都是一片春波激滟。我细细地数着落下的花瓣,坐了很久才起身;缓缓行走,寻找芳草的踪迹,以致迟迟不能回家。

　　王安石不但学富,而且才高,有些诗作虽然仍以常语出之,但也还是透露了其才高傲物的本性。尤其其晚年绝句,意境优美,对仗精工,更重要的是能做到不黏不滞,是荆公体的典型代表,这其中有向唐人学习的成分,但更多的是要与唐人一比高下。此诗三、四两句尤为后人称道。绝句一般是讲求明快的,而诗人此处却以缓笔出之。"久"非庸滞,而是缘于"细数落花",于此可见诗人之雅趣;"迟"非茫然,而是迷恋芳草,于此可见诗人之高洁。"细久"与"缓迟"表达了诗人淡然从容、静趣观物的心态,因此也成了荆公的名句,但这两句诗是荆公在唐诗的基础上锤炼而成的。《能改斋漫录》曰:"荆公晚年闲居诗云'细数落花因坐久,缓寻芳草得归迟',盖本于王摩诘'兴阑啼鸟换,坐久落花多'而其辞意益工也。"荆公才高,自然不会心甘情愿地向唐人服输,专就此句而言,王维诗中的"阑"字,容易给读者带来春意阑珊、无精打采之感,而荆公用"细""缓"却传达出高昂的兴致,将原诗的意趣大大提高。此外,首句的"输"字将春水流淌写得活泼轻灵,富有生意,体现出其高超的炼字手法。

江　上

王安石

江北秋阴一半开，
晚云含雨却低回。
青山缭绕疑无路，
忽见千帆隐映来。

赏析：

　　全诗大意：江北秋天的阴云，已经有一半被风吹开了；傍晚的云彩饱含着雨气，低垂在涌动的江面。青山横亘，缭绕无穷，仿佛前方已经没有了道路；忽然千帆隐映，从远方排列而来。

　　能够将七绝这样的小诗写得回环往复，也只有伟大的诗人才能将其运之于方寸之间。首句写"秋阴一半开"，仿佛江景已是风清云开，但第二句立刻又是"晚云低垂"之状，晚云带雨，直逼小舟，原本开朗的胸襟瞬间又被这暮雨之景扑面压来。此时更是青山横隔，苍茫黑暗之外似乎再无出路，正在内心反复不知所措时，忽然远方船帆隐隐而来，为自己指引了方向，再一次打破僵局，将低落的情绪再次振起。陶渊明《桃花源记》写渔人在洞口中行走，"初极狭，才通人"，然而几十步之后，便"豁然开朗"，这是一种极明显的视觉变化。之后，李白在《送友人入蜀》写"山从人面起"，也是以视觉的剧烈改变形容蜀山之险峻。再之后，就是陆游《游西山村》那句最著名的"山重水复疑无路，柳暗花明又一村"了，陆诗后出转工，与王诗异曲同工。除此之外，南宋的李壁在注释王诗时，还引了秦观"菰蒲深处疑无地，忽有人家笑语声"之句，认为秦诗是模仿了王诗，无论这种联系是否确实存在，但这种创作的手法则是相似的。诗歌的题材可以不断地开拓，可以写不同的物事，但同时，即便写同一物事，其表达也可以层出不穷，各见精彩，于此可见之。

江上看山

苏 轼

船上看山如走马，倏忽过去数百群。

前山槎牙忽变态，后岭杂沓如惊奔。

仰看微径斜缭绕，上有行人高缥渺。

舟中举手欲与言，孤帆南去如飞鸟。

作者简介：

　　苏轼（1036—1101），字子瞻，号东坡居士，祖籍河北栾城，眉州眉山（今四川眉山）人。嘉祐二年（1057）举进士，任凤翔府签判。神宗时，因与王安石政见不合，出为杭州通判，先后知密州、徐州、湖州。元丰二年（1079）因"乌台诗案"，贬黄州团练副使。元祐元年（1086）召为中书舍人、翰林学士，四年出知杭州，六年召还，官至礼部尚书。绍圣初，以党祸被贬惠州，再贬儋州。徽宗时遇赦北返，卒于常州，谥文忠。苏轼性格豁达，思想宏博，儒释道三家兼收并蓄，诗、词、文皆佳，为宋代最伟大之文学家。其文章主张"随物赋形"，词上主张"以诗为词"，诗歌方面以学问为诗，但也多有清丽俊健之作。今有张志烈等《苏轼全集校注》，河北人民出版社 2010 年版，可参看。

赏析：

　　全诗大意：在江船上看对岸的山峦，它们就像是飞奔的骏马，倏忽之间，已有数百群一掠而过。前方的山峰错落不齐，忽然间改变了状态；后方的山领杂沓而去，有如惊奔之兽。抬头望去，小路曲斜，缭绕云间；上面的行人，潇洒出尘，遗世缥缈。我在舟中举手相招，想和他长谈阔论一番，无奈孤帆如飞鸟般一路向南疾驰，早已不见其踪迹。

　　此诗为嘉祐四年（1059），苏轼由眉州赴汴京，途经荆州时所作。苏轼出川时年仅二十三岁，但其学养已经相当成熟了。这首诗是苏轼早期的作品，但也能看出其诗歌创作的倾向，最大的特征就是朱熹批评的："一滚说尽无余意。"（《朱子语类》卷一百四十）此诗四句一个部分，分为前后两段。前半段写所看之山，因为是顺流而下，船速较快，所以群山如骏马一般飞奔而过，后方已过之山和前方未过之山形态各异。苏轼用"变态"和"惊奔"分别形容，也可见出其观察之细密：后山已过，相距较远，则姿态较雍容，其形状是慢慢改变的；前山在眼，相距较近，则势如奔兽，扑面而来。后半写山上之人。若空有群山，不见仙人，则此山亦不可谓之"灵"，苏轼将目光转向山人就跳出单一的写景模式，使其遗世旷远的胸怀得以舒展。可见，年轻的苏轼在刚出蜀时，就怀有一种绝世脱俗的意愿，之后他写有"有田不归如江水""长恨此身非我有"等句子，也就不足为奇了。

新滩阻风

苏　轼

北风吹寒江，来自两山口。
初闻似摇扇，渐觉平沙走。
飞云满岩谷，舞雪穿窗牖。
滩下三日留，识尽滩前叟。
孤舟倦鸦轧，短缆困牵揉。
尝闻不终朝，今此何其久。
只应留远人，此意固亦厚。
吾今幸无事，闭户为饮酒。

赏析：

　　全诗大意：来自两山口的北风吹拂着寒江之水，刚开始的时候还似摇扇那样微弱，渐渐地已感到沙砾飞扬。飞动的云朵布满了整个山谷，飘舞的雪花穿透窗户迎面洒来。阻风不前，在新滩停留了三日，滩前的老翁我也都一一认识了。孤舟行程，厌倦了摇橹的鸦轧之声；短绳牵缆，困于风涛，停滞不前。我曾听说狂风不会持续一个早晨的，现在为何会如此之久呢？恐怕是为了留住远行的人啊，这份情意真的过于深厚了。我现在幸好没有杂事，闭门关户，且饮美酒。

　　苏轼的诗，总体而言是较为平易的，虽然他也有喜好用典的习惯，被王夫之批评为"除却书本子，则更无诗"，但其能滚滚说尽也从侧面反映出其语言之流畅。若讲"以文为诗"，此诗便是一个很好的例子：从字句上看，开头四句与散文的写法几乎没有差别，只是加上了韵脚而已；从结构上看，全诗是以时间为顺序展开的，前后文的转折、递进一目了然。写雪之前，先写风；写风之时，先写摇扇之弱风，后写飞沙之强风，一切都显得井然有序，苏轼曾自评其文曰："吾文如万斛泉源……常行于所当行，常止于不可不止。"这里的"文"应当是广义的，它可以指诗歌创作。"尝闻不终朝"是全诗唯一的一个常见的典故，出自《老子》"飘风不终朝"一语。苏轼有才学，更有才气！

泛　颍

苏　轼

我性喜临水，得颍意甚奇。
到官十日来，九日河之湄。
吏民笑相语，使君老而痴。
使君实不痴，流水有令姿。
绕郡十余里，不驶亦不迟。
上流直而清，下流曲而漪。
画船俯明镜，笑问汝为谁。
忽然生鳞甲，乱我须与眉。
散为百东坡，顷刻复在兹。
此岂水薄相，与我相娱嬉。
声色与臭味，颠倒眩小儿。
等是儿戏物，水中少磷缁。
赵陈两欧阳，同参天人师。
观妙各有得，共赋泛颍诗。

赏析：

　　全诗大意：我的天性就喜欢待在水边，得到颍水这个地方感到甚是惊奇。到官所十日以来，倒有九日是在河水边度过的，吏民见此，相语而笑：使君难道是年老痴顽吗？使君其实不是痴顽，而是流水有其曼妙的身姿。流水环绕郡廓十余里，不显湍急，亦没有迟缓。河水的上流笔直而清澈，下流回环处荡起层层涟漪。画船行驶在如镜面的流水中，笑问水中的倒映是何人。微风吹来，忽然水面波纹粼粼，混乱了我的胡须与眉毛，发散为数百个东坡，过了一会儿之后，风平水静之后，我的倒影又完整地出现在这里。这难道是流水轻薄无定吗？它只是与我相互娱乐游嬉罢了。造物主将声色与臭味相互颠倒，来迷眩世上的小儿之辈。同样是儿戏之物，只是和陆地相比，水中较少有磨砻和渲染。同行的赵、陈和两位欧阳先生，都是同参天人之师。观赏物事，各有所得，和我一同赋咏泛颍的诗歌。

　　苏轼总是潇洒而来，潇洒而去。写日常所见之事，却能悟出常人不能见之理。纪昀评此诗曰："自在神通。"亦是着眼于苏轼在自然晓畅的语言中寓含着丰富生动的人生哲理，且不说"水中少磷缁"这种慨世之语，即便是写水中的倒影，苏诗亦能以俗为雅，以故为新。"顷刻复在兹"难道不是须臾的彷徨后，对自我的重新认识与肯定吗？此外，就其描写而言，此处亦多有妙笔。程千帆先生晚年讲学南大，曾将此语与王安石的《杏花》"怊怅有微波，残妆坏难整"相比较，王诗是写杏花在水中的倒影，苏诗是用来写自己。王诗清丽明艳，脉脉含情；苏诗灵动不滞，豁达从容，可谓各有千秋。

百 步 洪

苏 轼

长洪斗落生跳波，轻舟南下如投梭。
水师绝叫凫雁起，乱石一线争磋磨。
有如兔走鹰隼落，骏马下注千丈坡。
断弦离柱箭脱手，飞电过隙珠翻荷。
四山眩转风掠耳，但见流沫生千涡。
崄中得乐虽一快，何意水伯夸秋河。
我生乘化日夜逝，坐觉一念逾新罗。
纷纷争夺醉梦里，岂信荆棘埋铜驼。
觉来俯仰失千劫，回视此水殊委蛇。
君看岩边苍石上，古来篙眼如蜂窠。
但应此心无所住，造物虽驶如吾何。
回船上马各归去，多言哓哓师所呵。

赏析：

　　全诗大意：长长的洪流斗然落下，生起跳动的水波；轻舟飘流南下，就像游走的织梭一样轻巧。水师惊叫声引得凫雁阵阵而起，乱石如一线排开，在水流中争相磋磨。急流就像脱兔奔走，像鹰隼下击，像骏马从千丈的陡坡上奔下，像琴弦断裂离开胶柱那样迅速，像离弓之箭脱手飞去，像一条闪电掠过缝隙，像雨珠从荷叶上翻落而下。流水声中，感觉到四周的山峦眩人耳目，疾风呼啸，掠过耳旁；只看见水沫顺流而去，产生了千百个旋涡。险峻之中虽然得到了些许快乐，但这与河伯夸耀秋水又有什么不同呢？随着日夜的流逝，我这一生在大化之中乘乘浮浮；一坐之间，只感受意念已经远在新罗之外。世间的纷纷争争，其实都是在醉梦中一般；他们哪里会相信当年象征墓主身份的铜驼会被埋没在荆棘之中呢？如梦初醒时，俯仰之间已失去千万劫度；回观此水，愈觉其委蛇可爱。您请看水边苍老的岩石旁，古往今来，篙师撑船时留下的石眼就像蜂巢般密密麻麻。只要能够让此心不动不迁，造物虽然来去匆匆又能奈我何呢？人们上马回船各自归去，不要再多言多语了，这是要受先师呵斥的。

　　这首诗最精彩的莫过于"有如兔走"四句中连用的七个比喻，以此来形容水流的迅疾。钱锺书在《宋诗选注》中对此专门论述道："他（指苏轼）的诗里还看得到宋代讲究散文的人所谓'博喻'或者西洋人所称道的莎士比亚式的比喻，一连串把五花八门的形象来表达一件事物的一个方面或一种状态。这种描写和衬托的方法仿佛是采用了旧小说里讲的'车轮战法'，连一接二地搞得那件事物应接不暇，本相毕现，降伏在诗人的笔下。"苏诗才富而不呆滞，于此即可见。此外，苏轼善于抒发日常哲思，也是本诗一个亮点，也正是因为"心无所住"，所以诗人观山观水时，才会多有尘外之思、物外之趣吧。

新　滩

苏　轼

扁舟转山曲，未至已先惊。
白浪横江起，槎牙似雪城。
番番从高来，一一投涧坑。
大鱼不能上，暴鬣滩下横。
小鱼散复合，瀺灂如遭烹。
鸬鹚不敢下，飞过两翅轻。
白鹭夸瘦捷，插脚还欹倾。
区区舟上人，薄技安敢呈。
只应滩头庙，赖此牛酒盈。

赏析：

全诗大意：扁舟转过曲曲折折的山峦，未至其处已经先自惊叹。白浪横江而起，错落重叠就像来到了雪域之城。水浪从高处番番而来，一一投入涧落坑谷之中。大鱼没能穿越滩头，鳍鬐横张，横躺在水滩之上；小鱼被水流冲散又旋而复合，相聚跳跃，就像被扔进热水遭到烹煮时的样子。急流之下，鸬鹚不敢停落，两翅轻盈地掠过水面；白鹭仿佛在炫耀自己轻瘦的身姿，插脚水中而且保留着欹倾的姿态。区区舟上的人们，薄技如此又怎敢呈露呢？阻于新滩之庙，只应该痛饮这幸有的美酒，以此来消忧啊。

苏轼晚年曾自嘲"问汝平生功业：黄州、惠州、儋州"，若能重新选择，让自己永远生活在少年时那种洒脱、放怀之中，也未尝不是一种美好的归宿。年轻的苏轼刚刚走出故乡，他是如此喜欢蜀外的江山，要将眼前的景物全部放入诗中，不留下任何一丝遗漏。该诗中苏轼写了两种鱼、两种飞鸟，非但鱼、鸟有所不同，即鱼中、鸟中也是形态各异。暴鬐、瀺灂，刻画场景如在目前；鸬鹚、白鹭的去踪本来是没有选择性的，但在诗人的笔下，它们却拥有了"不敢"和"夸"的情绪。所谓诚心观物，与物一体之思想，在苏轼早期的诗歌中即已体现。从全诗结构上看，仍然有较为明显的以文为诗之痕迹，与晚年的苏诗相比，含蓄深沉之力仍有不及，但这毕竟是年轻的苏轼！

晓放汴舟

黄庭坚

秋声满山河，行李在梁宋。
川涂事鸡鸣，身亦逐群动。
霜清鱼下流，橘柚入包贡。
又持三十口，去作江南梦。

作者简介：

  黄庭坚（1045—1105），字鲁直，洪州分宁（今江西修水）人，号涪翁，又自号山谷道人。宋治平四年（1067）进士及第，调叶县尉。元丰八年（1085）迁著作佐郎。元祐元年（1086）哲宗即位，召黄庭坚为《神宗实录》检讨官。绍圣初年，以"修史多诬"贬涪州别驾，黔州安置。徽宗初，知太平州，九日而罢，后因与赵挺之有隙，被贬至宜州而卒，有《宜州家乘》略述其事。黄庭坚的诗风奇崛生硬，廉悍生风，他在诗论方面主张"夺胎换骨""点铁成金"，开创了江西诗派。其诗歌（包括书法）与苏轼齐名，并称"苏黄"。今有黄宝华点校之《山谷诗集注》，上海古籍出版社2011年版；郑永晓《黄庭坚全集辑校编年》，江西人民出版社2011年版，可参看。

赏析：

　　全诗大意：秋声到来，充满山河，一路行李，仍在梁宋之间。水路也罢，陆路也罢，晨起鸡鸣，便要进发，身影和众人并无差别，碌碌地追求生计。霜落之时，河水清澈地流淌，两岸的橘柚也已到了作为贡品进献的时节。此时，我又带着全家三十多口人，走入那江南的迷梦中。

　　元丰三年（1080），黄庭坚罢北京教授，入汴京改官，得知吉州太和县，于此年秋天自汴京归江南，作有此诗。三十六岁的黄庭坚虽在壮年，但已然感受到了世间百态，"川途"之事，缘于"三十口"之生计。汉代赵岐注《孟子》"不孝有三"曰："家贫亲老，不为禄仕，二不孝也。"《韩诗外传》曰："家贫亲老，不择官而仕。"古人慎于出处之大节，黄庭坚的出仕最初未尝没有生计方面的考虑。"身亦逐群动"中，一个"亦"字包含了诗人些许的无奈，也包含了其渐趋成熟的社会思考。在语言艺术方面，首句即大有好处，一个"满"字将秋声之壮、秋声之紧展现出来。唯有在如此的秋声中，才会有下文的无限诗绪。全诗寄感怀于秋景，含情思于言外，下语质朴，情思内敛，表现出超越其年龄的成熟与稳重。

池口风雨留三日

黄庭坚

孤城三日风吹雨，小市人家只菜蔬。
水远山长双属玉，身闲心苦一舂锄。
翁从旁舍来收网，我适临渊不羡鱼。
俯仰之间已陈迹，暮窗归了读残书。

赏析：

　　全诗大意：池口这座孤城旁，连续三日风吹雨打，小市中出售的只有菜蔬，别无他物。山长水远之地只有两只如野鸭一般的属玉，白鹭立于水岸，身姿安闲外，好像亦有心苦之事。渔翁从旁边的屋舍出来收网，我站在水边，却并没有临渊羡鱼之情。俯仰之间，万物已为陈迹；日暮归来，窗下摊卷，再读未竟之书。

　　古人行程，多畏风雨，然非有风雨之阻，怎得诗思如此？首句"孤城""小市"写来别有意趣，宋代史容注此诗，曰："首句盖用杜诗'小市常争米，孤城早闭门'。"但杜诗太显萧条，而黄诗略有生意。菜蔬，取其自足而已，不必如米之争也。黄庭坚另一首《上萧家峡》诗曰："趁虚人集春蔬好，桑菌竹萌烟蕨芽。"连用了"桑菌""竹萌""烟蕨芽"三种蔬菜来写实"春蔬"二字，然此亦可作"只菜蔬"之解释，小市之中只有菜蔬出售，有何品种之菜蔬？则如彼三种而已。三、四两句看似无大作用，却在结构方面承上启下，因为有"春锄"，而黄诗又有"春锄貌闲暇，羡鱼情至骨"（《辛酉憩刀坑口》）之句，便自然地将内容引入到"鱼"字上，再到临渊不羡鱼之句。正由于心存淡泊，无所艳羡所以才会有下文时间易逝，加倍读书的句子。言"暮窗"，则为时已迫；言"残书"，则前已开卷。黄庭坚读书有始有终，必终卷而后已。这也是对读书浮躁，遍览不竟其卷，释卷不知所言的一种劝诫吧。

登 快 阁

黄庭坚

痴儿了却公家事，快阁东西倚晚晴。
落木千山天远大，澄江一道月分明。
朱弦已为佳人绝，青眼聊因美酒横。
万里归船弄长笛，此心吾与白鸥盟。

赏析：

　　全诗大意：如痴儿般的我办完了公事，登上快阁，倚栏远眺，欣赏着这晚晴的余晖。树叶纷纷落下，那远处重叠的山峰使天空更显得辽阔旷大，一条澄江，清澈明净，一弯明月倒映在江水中清晰可见。知音不再，琴弦遂绝，有美酒在手，眼中才露出愉悦的神色。万里之外的我，还是想着有一天吹笛乘船归隐，与白鸥做伴，顺从我内心的情意。

　　这首诗是元丰五年（1082）作者在吉州太和县登上快阁时所作，时年三十八岁。《晋书·傅咸传》载晋夏侯济之言："生子痴，了官事，官事未易了也。"黄庭坚在这里反用典故，意在说明官事未易了，今日之了官事为难得也。杜甫《缚鸡行》曰"注目寒江倚山阁"，山谷第二句即由此学来。"倚"字韵意丰厚，诗人倚阁楼之上，阁楼倚晚晴之中，楼、人、景浑融一体，由此可见其炼字之法。三、四句紧随营造的阔大画面，描写天、木、山、江、月，画面阔大、清净，不同于其部分诗歌的峭刻生新，此句更显得清新透明。张宗泰《鲁岩所学集》评曰："意境天开。""天开"二字也反映出作者胸襟如光风霁月一般透彻无尘，此句因其富有理学气息，故后世评价颇高。颈联用《吕氏春秋·本味》"钟子期死，伯牙破琴绝弦，终身不复鼓琴"和《晋书·阮籍传》阮籍对嵇康青眼相待的典故，对仗工稳，语言自然，用典也没有走向冷僻一途，表现出其律诗中的另一种风格。潘伯鹰在《黄庭坚诗选》中评曰："一气盘旋而下，而中间抑扬顿挫又极浏亮。"不但从整体风格上对黄诗进行了准确的概括，在具体字句上的分析也精到入微，可谓眼光独到，持论周详。

河　上

陈师道

背水连渔屋，横河架石梁。
窥巢乌鹊竞，过雨艾蒿光。
鸟语催春事，窗明报夕阳。
还家慰儿女，归路不应长。

作者简介：

　　陈师道（1053—1102），字无己，一字履常，号后山居士，彭城（今江苏徐州）人。元祐初年因苏轼、孙觉等人的举荐，为徐州教授，后改颍州教授，除秘书省正字，与苏轼关系密切，是"苏门六君子"之一。在诗歌创作上较多地学习黄庭坚的风格。与黄庭坚、陈与义合称江西诗派的"三宗"。其作诗讲求苦吟，律诗尤为精妙。今有冒广生《后山诗注补笺》，中华书局1995年版，可参看。

赏析：

　　全诗大意：渔人居住的草屋背靠江河，相互连接在一起，那石头做的桥梁横跨江水之间。喜鹊为了进巢，探着头在巢穴边挤来挤去，一场大雨过后，艾蒿的绿叶光亮新鲜。那一声声鸟鸣昭示着春天的到来，夕阳西下，落日的余晖使窗子变得明亮。还家之后有儿女可以安慰，回去的路应该不会再遥远了吧。

　　此诗写于陈师道回家的路上，或许因为很快就要到家了，心情非常舒畅，所以诗人才有闲心如此细致地观察河上的风景，一一形之于笔下，可以看见诗人是用尽全力在描摹其所见所闻。以诗人的视线来看，"背水连渔屋"是一条横向的线，"横河架石梁"是一条纵向的线，纵横交错的书写是陈诗的第一处设置。其次，陈诗的额联和颈联有一种类似于故意在重复中写出不同的意思，都是上一句写一种"鸟"，下一句写一种"光"，但具体来看，句子的层次又各不相同。从炼字的角度看，"竞"体现乌鹊之欢，"光"显示艾蒿之净，都极其具有表现力。尾联作者直抒胸臆，并未追求字句的生新奇峭，显得清新质朴，诗人急切回家的心情跃然纸上，千古之下，并可想见。

西　湖

陈师道

小径才容足，寒花只自香。
官池下凫雁，荒冢上牛羊。
有子吾甘老，无家去未量。
三年哦五字，草木借辉光。

216

赏析：

　　全诗大意：道路狭窄，只能容纳一只脚踏进去，菊花的香气也只能是孤芳自赏。野鸭和大雁降落在官池之中，荒芜的土坟上，牛羊上下放牧。有了儿子我也甘心老去；没了家园，去路又在何方？三年五载，我吟哦着五言律诗，西湖的草木也为我的诗作提供了些许灵感和光辉。

　　这首诗将视觉和嗅觉相结合，"容足"道出"径"之"小"、之窄，一入幽径，花香扑鼻而来，此处寒花应指菊花，张协《杂诗》有云"寒花发黄采，秋草含绿滋"。李颀《送李回》也有"千岩曙雪旌门上，十月寒花辇路中"之句，这些都间接表明了诗人西湖游览的时节在秋季，历代诗人描写的"径"一般都伴随着"幽"的环境。菊花的香气很淡，若是杂之闹市，其香必未有所闻，而此处自香之句，再加"只能容足"之语，潜含之"幽"便显得饱满起来。颔联"上""下"二字的运用，主宾的颠乱，更给人以新鲜感。颈联"有子"对"无家"，"吾甘老"对"去未量"，将内心与忧愁与安慰在十字之中完全地展露出来，所有者仅有儿息，所无者名利皆无。此二句以一对多，以孤对众，更加展现出诗人的倔强与不甘。尾联接续颈联之意，写众多无有之中，仅存的一丝拥有。诗人在穷苦之中的吟咏只能以草木为伴，是草木给了诗人灵感，成为了孤独的诗人的朋友。这其中包含着作者严肃、清苦、淡然的创作态度和人生态度。

宿 泊 口

陈师道

弱柳经寒色，悬流尽夜声。
更长疑睡少，霜落怯寒生。
急急占星度，摇摇苦舫倾。
风涛兼盗贼，恩重觉身轻。

赏析：

　　全诗大意：柔弱的柳枝在寒气的侵袭下早已没有了往日的色泽，奔涌而下的瀑布声彻夜不绝。漫长的黑夜让我怀疑自己是否入睡的时间太少，严霜降临，害怕寒冷也会随之而来。急急忙忙观看星象，想要渡河却心神不定，苦于小船一直倾斜飘荡。远行他方，风涛和盗贼都是需要提防的，皇恩厚重，相比之下，一己之身躯也就显得轻薄微弱了。

　　此诗格律谨严，如首二句铿锵有力，劲气盘空，读来颇似老杜。颔联写更长而睡少，似刘攽《始凉夜坐》中"况复宵长减眠睡"之句，又由霜落寒生，凸显诗人内心的烦躁和忧愁。颈联采用叠字"急急""摇摇"突出作者情感态度，"摇摇"一语双关，既指小船飘荡，又指诗人的心神不定。尾联有数句压缩之嫌，在紧张、省略、跳跃、经脉凸张之间，又偶出平缓、舒张之句，但初读会有不知所云之感，这也一定程度上体现后山诗艰涩的特点。正如钱锺书在《宋诗选注》中所评："读《后山集》，就仿佛听口吃的人或病得一丝两气的人说话，瞧着他满肚子的话说不畅快，替他干着急。"整观全诗，作者致力于雕凿炼字，极具黄山谷的"瘦劲"之风，纪昀评曰："苍坚瘦劲，实逼少陵，其间语僻语涩者，亦往往自露本质，然胎息古人，得其深邃，而不自隐其性情，此后山善于学杜者。"可谓此诗忠实之评价。

愚　溪

陈与义

小阁当乔木，清溪抱竹林。
寒声日暮起，客思雨中深。
行李妨幽事，栏干试独临。
终然游子意，非复昔人心。

作者简介：

　　陈与义（1090—1139），字去非，号简斋，洛阳人。政和三年（1113）上舍甲科及第，任太学博士。绍兴元年（1131）迁中书舍人，后拜翰林学士、知制诰，以资政殿学士提举临安洞霄宫卒，年四十九。其作诗尊崇杜甫，但早期学杜多着力其格律、字词方面，后期经历靖康之变后，诗风变得沉郁悲壮，浑厚壮阔。今有《陈与义集》，中华书局 2007 年版，可参看。

赏析：

　　全诗大意：小阁楼正对着高大的乔木，清澈的溪水环抱着翠绿色的竹林。溪流的声音在日暮时分才清晰起来，我的思绪在雨声之中更加的深沉。行役羁旅妨碍了我幽兴之趣，为了排遣忧郁，我试着凭栏临眺。思来想去，我最终还是以一个游子的身份和心情来赏玩这一切，与昔人的贬谪之愁绪并不相同。

　　本诗作于诗人建炎四年（1130）因靖康之变而南奔至湖南永州，游览愚溪而作。首联写愚溪周围的环境清幽寂静，作者作于此处情感并未外露，甚至有一种清幽朗畅的感觉，"清溪抱竹林"与杜甫《江村》"清江一曲抱村流"颇有相似之处。待到颔联视线突然变得昏暗，诗歌的基调也开始趋于凄冷和悲凉，寒冷的声响、绵延的阴雨里，这种听觉及视觉的刺激更容易引起诗人内心的凄苦，诗人情感的制高点仿佛也集于此处。为了排解这种忧闷，诗人无奈之中只有尝试登高临远，此时愁苦的情绪才慢慢地收敛和克制。尾联诗人联想自身遭遇而又想到谪居此地的柳宗元，柳宗元虽然遭受贬谪，内心郁郁不乐，但他毕竟还有自己的故土。陈与义此时是在逃亡之中，中原沦陷的家国之痛和个人仕途的贬谪相比，是不可同日而语的。末句"终然"二字，将自己内心的思虑过程和盘托出，表达出自己深深的流离之感和游子之思。

度　岭

陈与义

年律将穷天地温，两州风气此横分。
已吟子美湖南句，更拟东坡岭外文。
隔水丛梅疑是雪，近人孤嶂欲生云。
不愁去路三千里，少住林间看夕曛。

赏析：

　　全诗大意：时光飞逝，一年将尽，天地进入深冬时节，却并未使人感觉寒冷，反而有些许温和，两州的气候在这里横分，迥然不同。我已经咏罢杜子美当年在湖南创作的诗句，又模仿苏东坡当年描写岭南风物的文章。隔着江水，梅花好像与白雪一般，而那远方孤立的高山间，又仿佛渐渐生出了浮云。去路尚有三千里，但我并不忧愁，不妨稍加驻足，吟赏这夕阳晚照的林间风景。

　　本诗作于靖康元年（1126）南奔避乱湖湘期间，针对诗题，白敦仁《陈与义集校笺》称在李氏藏本（《李盛铎藏日本翻刻明嘉靖朝鲜本须溪先生评点简斋诗集》）当中，此诗题下尚有"贺州桂岭"四字自注，此"桂岭"被通认为五岭之一的萌渚岭。颔联"子美湖南句""东坡岭外文"是诗人在度岭时，因为地缘关系，偶然想到杜甫和苏轼的相关诗句。借杜诗，是表达国家衰落、身世飘零的落寞；借苏诗，是为了表达在身居恶劣环境时应保有的那种乐观的心态。颈联两句写沿途风光，其中"隔水"句写"梅"为实，写"雪"为虚，实中生虚；"近人"句写"云"虚，写"嶂"为实，虚依乎实。虚实变换间，更显手法纯熟。此颈在功能上与下句紧密相连：正是由于诗人脚步放慢，视角才随之细化，产生如此细腻的视觉感受，与尾联作者以旷达的心态面对促迫的行程，观赏林间的落日呼应生辉，雄浑之中又见其早期诗歌的闲适，忧愁之感逐渐淡化，以至了无痕迹的过程。

游西山村

陆 游

莫笑农家腊酒浑，丰年留客足鸡豚。
山重水复疑无路，柳暗花明又一村。
箫鼓追随春社近，衣冠简朴古风存。
从今若许闲乘月，拄杖无时夜叩门。

作者简介：

陆游（1125—1209），字务观，号放翁，山阴（今浙江绍兴）人。早年应举为秦桧所忌而除名。绍兴三十二年（1162）赐进士出身。在镇江、隆兴、夔州做过一些小官。后入蜀，为范成大幕僚，曾赴南郑前线，这段军旅生活为其留下深刻的印象，于诗歌中屡有反映。晚年闲居山阴，卒年八十有五。陆游为南宋爱国文人，著述颇丰，有《渭南文集》《剑南诗稿》《放翁词》《老学庵笔记》等著作传世，在诗歌方面与尤袤、杨万里、范成大并称"南宋四大家"。众作之中，七律与七绝尤其擅长，诗风多样，或高亢激烈，或闲适自得，有雄刚之美，亦有清柔之美。今有《陆游全集校注》，浙江教育出版社 2011 年版，可参看。

赏析：

　　全诗大意：不要嘲笑农家自制的米酒太过浑浊，在丰收的年月里，他们款待客人的菜肴丰盛，有鸡有豚。山峦重叠，曲水往复，似乎已经没有了出路，但转眼间柳暗花明，又是一片村落。农家祭社的日子又要来了，箫鼓之声渐渐传入耳中，村民们衣着质朴，简略古朴的民风至今犹存。从今往后若有空闲之时，还希望能够在夜晚不时乘月拄杖，轻叩农家柴门。

　　这首诗作于宋孝宗乾道三年（1167）初春，陆游罢官赋闲在家之时。首联写丰收之年农村一派祥和欢悦的景象，"莫笑"和"足"更是表现出农家的淳朴好客。颔联开朗明快，写山间水畔之景而又跳出其外，兼有理趣，富含哲思，常用来告诫人们在艰难之中要保持乐观的心态。其中"山重水复"之句与王安石《江上》："青山缭绕疑无路，忽见千帆隐映来。"秦观《秋日三首》（其一）："菰蒲深处疑无地，忽有人家笑语声。"有异曲同工之妙，"柳暗花明又一村"的描写也被钱锺书在《宋诗选注》当中给予"题无剩义"的高度评价。颈联展示节日民俗，字里行间洋溢着诗人对农村的赞美。从总体内容上看，前三联自然景象和人文景象交相辉映，尾联中作者与农民亲密无间的形象跃然纸上，真实质朴，毫不造作。山水、夜月之中，轻叩柴扉，动静之中，美好和谐之感自然流露。

山　寺

陆　游

篮舆送客过江村，小寺无人半掩门。
古佛负墙尘漠漠，孤灯照殿雨昏昏。
喜投禅榻聊寻梦，懒为啼猿更断魂。
要识人间盛衰理，岸沙君看去年痕。

赏析：

　　全诗大意：送客之时，我与朋友乘着篮舆，路过了江村，路旁的小寺里一个人也没有，庙门半掩半开。古代的佛塑背墙而立，上面沾染了些许灰尘，此时只有孤灯照殿，灯光昏黄。能够来禅榻旁休憩，姑且将世事付于梦乡，也不必去听那猿猴悲凄的、令人断肠的啼鸣。如果想要体认这人世间兴盛衰败的道理，你就姑且看看这江岸边沙子在去年留下的痕迹吧。

　　本诗首联以白描写法简述诗人送客过寺的事情，"江村""寺门半开"的情状在全诗奠定下清冷的基调。颔联以"古"和"孤"修饰佛、灯，并采用叠词刻画出佛殿内的凄冷孤寂，描绘出一幅灯光昏黄、香客稀少的尘乱佛殿图。颈联一喜一懒，一寻梦一断魂，表现自己摆脱俗谛，期于解脱的愿望。古人在诗歌中很少有直接的情绪表现，一般而言都是比较委婉含蓄的，但这并不是诗歌创作的全部，也还有另一种表现方式，就是直接表现其情感。"喜投"将喜爱之情和盘托出，读者不嫌其直；"懒为"明显地表示自己的疲惫，亦有与读者内心相契之处，有时放下体段，反而愈有身份，陆诗此句即为例证。让诗人产生"喜投禅榻""懒为啼猿"的原因正是基于其对世事的深刻体识，这种体识的表达没有采取和颈联那种直接的方式，而是通过"岸沙"之痕迹这个具体的物象来阐释。诗末作者自注曰："峡涨时，水高数十丈，至冬尽落。"数十丈的江水在失势时一落而下，留存下来的只有峡岸上的沙石，在"天下以市道交"（《史记·廉颇蔺相如列传》）的世事中，江水之涨跌正与之相符。末句虽然写江边常见之景，但却直指人心，发人深省。

泝　溪

陆　游

射的峰前禹庙东，短篷三扇卧衰翁。
闲携清圣浊贤酒，重试朝南暮北风。
水落痕留红蓼却，雨来声满绿蒲丛。
冲烟莫作匆匆去，拟看溪丁下钓筒。

赏析：

　　全诗大意：在射的山前方、大禹庙的东面，三扇茅篷里卧着我这个披着蓑衣的老翁。闲来无事，提着清浊不同的酒，重新品味着这朝暮的南北之风。水落之时尚留有沙痕，但红蓼花已随水波退去；大雨到来时，绿蒲丛中到处都是风雨的声音。雨烟缭绕时不必匆匆离去，再准备看一看溪边的渔人布下钓筒也是一种别样的风景呢。

　　陆游的诗也广泛地学习了江西诗派，尤其是黄庭坚的用典和修辞方式，但不同的是，陆诗的用典一般都显得自然晓畅，很少使用生僻的典故，而且即便是用典也往往让人浑然不觉。颔联前句"清圣贤浊酒"是大家所熟知的典故，见《三国志·徐邈传》："平日醉客谓酒清者为圣人，浊者为贤人。"后句的用典则使人浑然不觉，见《后汉书·郑弘传》李贤注引南朝宋孔灵符《会稽记》："射的山南有白鹤山，此鹤为仙人取箭。汉太尉郑弘尝采薪，得一遗箭，顷有人觅，弘还之，问何所欲，弘识其神人也，曰：'尝患若耶溪载薪为难，愿旦南风，暮北风。'后果然。""朝南暮北风"与前文的"射的峰"联系在一起，其实是从一个典故中分出来的，诗人高超的语言驾驭能力让读者即使不知道其中的典故，也不会过多地影响对文字的理解。此外，陆诗善于对仗于此也有很好的体现，用眼前的"清圣浊贤"对传说中的"朝南暮北"即是其运用"活法"的例证，颈联的对仗清新不俗。尾联宕开一笔，将"溪丁下钓筒"纳入诗句，更显出作者欣赏雨中之幽、物外之趣的闲适心态，非其如此，则不足以称"诗人"也。

自上灶过陶山

陆　游

宿雨初收见夕阳，纵横流水入陂塘。
蚕家忌客门门闭，茶户供官处处忙。
绿树村边停醉帽，紫藤架底倚胡床。
不因萧散遗尘事，那觉人间白日长。

赏析：

　　全诗大意：久雨初晴，夕阳满地。沟水纵横，汇入陂塘。养蚕的农家害怕有忌讳，所以全都闭门谢客；而那栽茶的人家为茶叶的供应也忙得不可开交。醉酒之后，我在绿树村边停下来；如果不是因为萧散之事而忘记了世俗的烦恼，又哪里会觉得人间有如此漫长的白日呢？

　　陆游晚年居住在故乡山阴长达二十余年，期间对家乡风光的描写可谓不遗余力，此诗便是其中代表。雨过天晴，所以诗人才有出游的兴致。此时正值春天，风光更是不易辜负，但此处的春天是浙江山阴的春天，它的特色在哪里，与其他地方的春天有何不同呢？所以接下来，诗人便用"蚕家"和"茶户"将其与"燕草碧如丝"的春天区分开来，将其与"渭北春天树"的春天区分开来，将其与"二月山城未见花"的春天区分开来。其中"忌客"一事更是当地的风俗，具有地域的特殊性。"绿树""紫藤"两句写诗人酒后的自适自得，周邦彦《满庭芳》曰："歌筵畔，先安簟枕，容我醉时眠。"表现出对漂泊羁旅的厌倦，得酒辄醉，醉则思眠，颇有些陶渊明"我醉欲眠，卿可去"的意味，陆诗亦与此相类。末句是诗人的议论，陆游的七律成就很高，不仅仅体现在对仗的工稳上，有时还表现在其持论之精警，比如末句所论，世人追名逐利，起早贪黑，哪里会有闲心来体会这白日悠然之趣呢？白居易在《题报恩寺》中说"秋景属闲人"，但对于陆游和此诗而言，又何尝不是"春景属闲人"呢？

一　篙

范成大

一篙新绿浦东西，
雪絮漫江雁不飞。
宿雨才晴风又转，
片帆那得及时归。

作者简介：

　　范成大（1126—1193），字致能，一字幼元，号石湖居士，平江府吴县（今苏州）人。绍兴二十四年（1154）进士及第，历知处州（今浙江丽水）、静江府（今广西桂林）等，累迁中书舍人，四川制置使，官至参知政事。绍熙三年（1192）曾假资政殿大学士使金，临危不惧，不辱使命，沿途创作了风格别具的使金诗。后退隐故居石湖，多有田园之作。范诗语言多质朴，但也留意江西派的诗风，其诗题材广泛，有较强的可读性，与尤袤、陆游、杨万里并称"南宋四大家"。今有《范石湖集》，上海古籍出版社 2006 年版，可参看。

赏析：

　　全诗大意：江浦东西的春水初涨，一篙撑去，新绿满眼，柳絮飘飞满江，大雁似乎也停了下来。一夜的大雨刚刚停下，转晴之后，风向却又变了，一叶小舟满江飘荡，哪有那么容易就能及时到家啊！

　　诗题为"一篙"，其实和李商隐的《锦瑟》一样，是一首无题诗，但细细看来，用"一篙"为题亦有其妙处。篙，乃竹篙，是撑船用的。一篙下去，提起竹篙来，我们仿佛可以看到顺着竹竿还流淌着碧绿的春水，"篙"与"绿"的结合，很容易给人这种想象。第二句中的"雁不飞"，是说传说中能够传递书信的鸿雁并没有飞起来，暗含游子在外，未能与故人通信存问之意，此三字便为下文的乡思之情做了铺垫。诗歌的第三句上接前两句，从表面上看，都是写江面风景的，前后也能连接成一个统一的整体，但第四句在接续第三句之后，即写出天公不遂人愿的遗憾，与写景之句大有不同了，在诗意上转折明显，在诗意空间上存在较大的层次与落差。在这首无题诗中，文字的安排似乎有些散漫，诗人仿佛是为了排遣不能及时归家的郁闷，所以才如此观赏江景，借此消忧解愁，但只要我们抓住"江雁"与"归乡"这两点，就可以清晰地理解本诗的内涵及其写作过程。

望 乡 台

范成大

千山已尽一峰孤，
立马行人莫疾驱。
从此蜀川平似掌，
更无高处望东吴。

赏析：

　　全诗大意：千山行尽，眼看就只剩这座孤立的山峰了，我却停马不前，缓辔踟蹰，不愿奔驰而过。想着即将进入蜀川，那里像手掌一样平坦，我再也没有足够高的地方去远望东吴之地的家乡了。

　　本诗作于孝宗淳熙二年（1175），作者由知静江府、广西经略安抚使被调四川制置使、知成都府的赴任途中。第一句"千山已尽"的"千"和"尽"，寥寥几笔便深刻地表明诗人的行途之艰，"尽"字一落便给人以如释重负之感。由于"千山尽"而"一峰孤"，有即将入蜀时的愉悦与放松，但世事往往乐极生悲，第二句一转，诗人并不急于赶路，而是缓辔徐行，给人以疑惑。文势像流水一样堵在第二句流淌不前，接下来两句便要做出解释，对文势进行疏导：原来是在此之后再也没有可以眺望家乡的高处了。全诗夹杂着过去、现在、未来的三个角度和感受，一为行尽千山，二为立马山头，三为不见东吴，征途将近的愉悦和离乡愈远的愁绪直接冲突，形成诗歌萦回而沉郁的基调。山行之难，摧轮折毂，人马俱疲，挥汗如雨，此是悲苦之事；然而山行将尽，无以望乡，举目无亲，徒增忧思，此亦是悲苦之事。之前厌恶的对象，如今反倒倍感珍惜，范诗的成功之处，或许在于写出了世人常有的这种矛盾的人生体验吧。

过江津县睡熟不暇梢船

范成大

西风扶橹似乘槎，
水阔滩沉浪不花。
梦里竹间喧急雪，
觉来船底滚鸣沙。

赏析：

　　全诗大意：秋风扶着橹棹，我好像乘槎远渡银河一样，江水阔渺无垠，险滩也已沉底，平静的江面并未泛起浪花。梦境里苍竹遍布，大雪纷纷，猛然一觉惊醒，才发觉是船底下滚动的沙砾不停地鸣响。

　　范成大的诗有两大主题，正所谓"使金不辱诗田园，途访涪州题两江"。此诗为作者在从江津到涪陵的这段归途中看到江水暴涨时心有所感而作。开头两句写江面平静，船只稳行，正因如此才能有"睡熟"之可能。后两句较为精彩，写现实场景所触发的梦境，现实之"鸣沙"与梦境之"急雪"联系在一起，读来有奇崛生新之感。黄庭坚《六月十七日昼寝》曰："马龁枯萁喧午枕，梦成风雨浪翻江。"此句之妙处，在宋代诗话中多有讨论，范成大对黄庭坚和江西诗派也多有学习，此处或许是有所借鉴吧。类似的比喻，比如唐代汪遵《咏酒二首》（其二）曰："秋宵睡足芭蕉雨，又是江湖入梦来。"写醉酒之后听到雨打芭蕉的声音，幻化成江湖入梦的场景。再比如陆游《十一月四日风雨大作》曰"夜阑卧听风吹雨，铁马冰河入梦来"等等。作者利用梦的心理机制，以错觉描写为方式呈现出别样的现实世界，其实是作者对自己内心世界的挖掘与深刻的呈现。实是虚的背景，虚是实的内容，虚实互见，别具匠心。

舟过安仁

杨万里

一叶渔船两小童，
收篙停棹坐船中。
怪生无雨都张伞，
不是遮头是使风。

作者简介：

　　杨万里（1127—1206），字廷秀，号诚斋，吉州吉水（今江西吉水）人。绍兴二十四年（1154）进士及第，后任国子博士，迁太常博士、太常丞，官至宝谟阁直学士，封庐陵郡开国侯。开禧二年病逝，赠光禄大夫，谥号"文节"，因宋光宗为其亲书"诚斋"二字，世多称"诚斋先生"。其诗初学江西派，后师法荆公绝句，求新而不避熟，诗风圆转流动，风趣活泼，有"诚斋体"之称，诸体中七绝成就最高。杨万里是宋代著名诗人，与陆游、范成大、尤袤等四人合称"南宋四大家"。今有辛更儒《杨万里集笺校》，中华书局 2007 年版，可参看。

赏析：

　　全诗大意：远远望去，一只渔船上坐着两个孩童，将划船的竹竿和桨收起来坐在船中。他们并未下雨还撑着伞，真是奇怪啊！原来不是为了遮头避雨，而是为了让风推进渔船前进。

　　此诗作于绍熙三年（1192），诗人乘舟路过安仁之时，叙述了作者的所见所闻，两个天真童趣的孩子用伞代替船帆，从而借助风力推动小船行驶。全诗语言清新简约，自然之中风韵尽显。前两句写诗人眼见两个孩童的收篙、停棹行为，顿生疑惑，为什么不再划船而坐在船中呢？于是引出下一句更为奇怪的一幕，"怪生无雨都张伞"，没有下雨为何还要张伞呢？末句"使风"二字，将之前的疑惑不解瞬间消除，使人变得恍然大悟。全诗画面感浓厚，将镜头聚焦到儿童身上，描摹他们的稚气与聪明伶俐，写出了成年人早已逝去的天真活泼。杨万里喜爱儿童，并认真地观察他们的一举一动，比如《宿新市徐公店》写"儿童急走追黄蝶，飞入菜花无处寻"，再比如《闲居初夏午睡起二绝句》中"闲看儿童捉柳花""儿童误认雨声来"等，这些句子也表现了其自身心理和思维活泼流动的一面。杨万里的诗多用口语，过于直白，虽然有流于浅俗的一面，但就其主体而言，仍然代表着高超的艺术成就。清人吴之振在编选《宋诗钞》时对诚斋诗集的版本尤为关注，结果"见者无不大笑"，吴氏对此不解之举也不加反驳道，只是冷言一句："呜呼！不笑不足以为诚斋之诗。"从其语言风格上看，杨万里确乎脱离了江西诗派的藩篱，当得起"诚斋体"的名号。

过皂口

杨万里

赣石三百里，春流十八滩。
路从青壁绝，船到半江寒。
不是春光好，谁供客子看。
犹须一尊渌，并遣百忧宽。

赏析：

全诗大意：赣江中石滩绵延三百余里，春水流动，缓缓经过十八险滩。青色的石壁险狭嶙峋，水路似乎从此而绝。船到半江，顿觉寒气逼人。若不是有如此美好的风光，客途之中又有谁能为游子提供一番欣赏呢？再来一樽美酒吧，流连畅饮之时，赶走这满心的愁绪。

全诗开篇自然而来，算是诗歌结构上的需要。三、四句便已十分精彩，"路从青壁绝"，有李白"山从人面起"之感，江行之险于此可见，下句"船到半江寒"写生活体验极为真实，非亲身经历者不能道出。这两句写江行的过程，都是通过具体的视觉、感觉来呈现的，显得细腻而不浮泛。诗的下半部分转为抒情，"不是"之句，正体现出作者内心的烦闷忧思，这种幸运之中，暗含的是等待这场幸运来化解的情绪，"客子"一词是全诗赏析的关键，诗人不是在故乡看到的如此美景，自从王粲说出"虽信美而非吾土兮"的句子后，客中风光无论多么美好，也只能是排解忧愁的无可奈何的选择，但诗人并不消沉，毕竟有此风光，聊胜于无，且将身世付与如此春光吧。末句"犹须"二字，表明仅仅观光游赏，还是不能完全消除内心的千百忧愁，这时"何以解忧，唯有杜康"的经典诗句便会自然出现。杜甫《引水》诗曰："人生留滞生理难，斗水何值百忧宽。"诗人在客中留滞，日久思乡，水既然不能够宽忧，那就用酒来代替吧。

过九里亭

杨万里

水渚才容足，渔家便架椽。
屋根些子地，帘外不胜天。
岸岸皆垂柳，门门一钓船。
五湖好风月，乞与不论钱。

242

赏析：

　　全诗大意：水边的小块陆地小到仅能容纳一人之足，而渔家却已经在上面架起屋椽。屋根占地狭小，屋帘外却水天相接，风光无限。水岸边到处垂柳依依，家家户户门前都系着一叶渔舟。如果来乞求五湖之地的美好风月，那是不用花费金钱就可以得到的。

　　诗题为"过九里亭"，诗人却言不在此，视线以水边小陆地转向渔家渔屋，进而掀开屋帘，看"五湖好风光"，自然流畅，衔接合理。首句"容足"明显夸张，更衬得渔家渔屋之妙。紧接着用"些子地"对"不胜天"，二者极大的落差反而能将江南之地的别样风景典型地刻画出来，曲径通幽之后，便是豁然开朗之境，此二句极富表现力，亦可谓"诗中有画"矣。颈联写"垂柳"与"钓船"，似乎仅仅是渔舍风光的普遍写照，但暗含在诗句中的还有一种线条的美感：柳条下垂，是一条自上而下的竖线；钓船是一条自后往前的横线或斜线，二者交叉在一起，很容易形成一幅简单明快的画面感。最后一句是抒发作者对这"五湖好风光"的无限喜爱，与李白《襄阳歌》"清风朗月不用一钱买"，苏轼《与潘三失解后饮酒》"满江风月不论钱"的诗意相类。全诗"起、承、转、合"引人入胜而又了无痕迹，确有"活法"之味。

松江晓晴

杨万里

昨夜何缘不峭寒，今晨端要放晴天。
窗间波日如楼上，帘外霜风似腊前。
近水人家随处好，上春物色不胜妍。
归时二月三吴路，桃杏香中慢过船。

赏析:

　　全诗大意: 昨夜为何没有那料峭的寒意呢, 原来是今早天气已然放晴。窗间如波的日光倾洒, 与楼上所见并无不同; 早春时, 帘外的寒风好像腊月之前的气候。家居水畔, 随处皆好。初春的景色, 其美丽不胜言说。二月归家经过这三吴之路, 岸边桃花杏花的香气扑鼻而来, 我沉醉其中, 不妨乘船缓缓驶过。

　　诗歌所写为早春景象, 在人们的意想中, 早春原本应是春寒料峭时节, 但作者却在"峭寒"二字前加了一个否定词"不", 这就使下文有了着落。"窗间"是从空间上讲, 写船窗与楼台这两个不同的视角, 一为仰视, 一为俯视, 诗人通过想象将二者融合一处, "帘外"句写早春时的霜风与腊前的霜风相似, 是从时间上讲, 言此而及彼: 这两句也是律诗的常用写法。颈联好在"随处"二字, 它体现出诗人善于生活, 善于欣赏的态度, 体现其周旋万物而无所不适、自得其乐的人生哲学。尾联"二月"再次与前文"峭寒""霜风"联系在一起, 使全诗成为一个整体, 但最妙的地方还是末句"桃杏香中慢过船"一语, 一个"慢"字配合"桃杏"之美, 将心态之从容、春景之暄妍、水乡之柔媚全部表现出来。昔年吴越王妃每岁必归宁, 王以书遗妃曰:"陌上花开, 可缓缓归矣。"此言虽短, 然已成佳话, 杨万里此语与其颇为相类。

过杨二渡

杨万里

春迹无痕可得寻，
不将诗眼看春心。
莺边杨柳鸥边草，
一日青来一日深。

赏析：

全诗大意：春天没有留下些许明显的痕迹供人探寻，那是因为你没有用诗人的眼睛去观察春天的心灵。你看那黄莺鸣啼的杨柳、白鸥徜徉的沙草：柳条一天天在变青，沙草也一天天深茂起来啊。

作者开篇便说"春迹无痕可得寻"使人产生辩证的思考，"有"与"无"的张力结构也从此开始。"不将诗眼看春心"写若以世俗的肉眼来观看，自然是感受不到春天的灵魂的，使之越发显得与众不同，也很好地引起了读者的兴趣，想要在下文一看究竟。结尾处的"一日青来一日深"写春天的痕迹随着生命的成长植根于诗人心中，在上句"莺边杨柳鸥边草"蓄足了势之后，娓娓道来，自然使人信服。作者能够敏锐地发现常人所不能发现的富有情趣与美感的景象，并融入自己的主观感悟，使句子充满理趣，正可谓"不是胸中别，何缘句子新"，全诗充满了禅机和智慧。杜甫《春夜喜雨》曰："好雨知时节，当春乃发生。"把"春雨"作为春天的主要象征进行书写，此处的杨诗虽然不是集中于一点，却以动态的景物描写将春意加深的过程生动形象地展现在读者面前，表现出生命万物在悄无声息之中成长的哲理意味。

邵武道中

朱　熹

风色戒寒候，岁事已逶迟。
劳生尚行役，游子能不悲。
林壑无余秀，野草不复滋。
禾黍经秋成，收敛已空畦。
田翁喜岁丰，妇子亦嘻嘻。
而我独何成，悠悠长路歧。
凌雾即晓装，落日命晚炊。
不惜容鬓凋，镇日长空饥。
征鸿在云天，浮萍在青池。
微踪政如此，三叹复何为。

作者简介：

　　朱熹（1130—1200），字元晦，一字仲晦，号晦翁，徽州婺源（今江西婺源）人。绍兴十八年（1148）登进士第，历任地方官职，后直宝文阁，秘阁修撰，提举南京鸿庆宫。庆元六年卒，谥文，世称"朱文公"。朱熹是宋代最伟大的理学家，也是中国历史上最伟大的理学家，所著《四书章句集注》后来被规定为科举考试的唯一用书，但在其身前，其学说被朝廷目为"伪学"，死后官方下令其弟子不能为其送葬，这是要向读者交代的。朱熹聪颖且勤奋，一生著述颇丰，有《诗集传》《楚辞集注》《韩文考异》等传世著作，其诗歌清秀醇雅，虽略带理学气，但仍有明快酣畅之感。今有《朱子全书》，上海古籍出版社 2000 年版，可参看。

赏析：

　　全诗大意：寒风秋色告诉人们冬天即将到来，一年之计也渐至尽头。辛苦劳累又要羁旅行役的生活，对于离家远游的人来说，怎能不感到悲伤呢？山林涧谷里繁花不再，漫地的野草也不复华滋如初。秋收之后，田野空无一物。此时的农夫们欢庆丰收，妻子儿女们也都满面欢笑。为什么唯有我独自一人走在这歧路遍布的漫漫征途啊！晨雾弥漫，天刚蒙蒙亮就要收拾行装准备出发，待到落日之时才能停下晚炊。不吝惜容颜衰老、双鬓斑白，整日疲于奔波，饥寒交迫。鸿飞在天，绿萍在水，物性本是如此，我又何须长吁短叹呢？

　　诗人行走于山水之间，但却无心描摹沿途的风景，加之"林壑""野草"已失去它们的光彩，就更使诗人懒于吟咏了。然后诗人由所见之人、之事，联想到自己独行在外，不觉忧从中来，挥之不去，在这种情感的影响下，使诗歌在具有纪行实感的基础上又充满了情感性。朱熹是一位伟大的理学家，他绝对不会被眼前的景物限定，天上的鸿雁是自由的，但也是漂泊无所依的，地上的浮萍更是没有依靠，随波逐流。于此，朱熹似乎悟出了世路无穷、劳生有限的感慨，于是劝慰自己，这一切都是原本应有的样子，古往今来只如此耳，又何必悲叹动容，不能自拔呢。全诗于此处，情感归于平淡，说理至乎高境。这种感悟和语言非理学家出身的朱熹不能为，一般的诗人也很难以简朴的语言达到这种深度。

登　阁

朱　熹

横空敞新阁，高处绝炎氛。
野迥长风入，天秋凉气分。
凭栏生逸想，投迹远人群。
终忆茅簷外，空山多白云。

赏析：

　　全诗大意：远远望去，新阁横亘天空，高处凉爽，丝毫没有难耐的酷热。天气肃穆，时近寒秋，风入原野，更显空旷。倚靠着栏杆，心中生出超尘出世的想法，便要与人世疏远。最终想来，我还是向往于可以透过茅檐观赏空旷山景的生活，在那里，空山之外，白云片片飘过。

　　本诗颇见朱熹的尘外之趣、意外之想。朱熹赞誉其父朱松诗"不事雕饰，而天然秀发，格力闲暇，超然有出尘之姿"，他自身追求的，也是这样一种冲淡平和、浑然天成的艺术风格。本诗兼具陶潜的超然省净和王维的萧散自如，小巧玲珑的语言含蓄蕴藉，深远睿智。首四句从视觉上变化（由俯视到平视）到知觉感受到的"绝炎氛""凉气分"，以多个角度描绘了登阁的环境、天气，紧接着视角由大而小，逐渐定格到阁中的诗人，自古"凭栏"之句不胜枚举，升高作赋者大多抒发愁绪，排解忧郁，这里诗人并未有明显的情感起落，全诗冲淡自然。末句"终忆"二字，勾勒出身居茅檐、仰视白云之景，可见诗人并非汲汲于功名富贵者，孔子曰："不义而富且贵，于我如浮云。"诗人舍弃了富贵，便得到了白云，其幸何如哉！其幸何如哉！

宋词
篇

自从"文学一代有一代之所胜"的观点盛行开来，宋词也已成为代表宋代文学的最重要的文学样式。因为篇幅、题材和个人喜好等综合因素，本书选取了一些宋代名家的山水词，对另一些词人则只能忍痛割爱，比如姜夔、吴文英、王沂孙、刘克庄等。

柳永在宋代词史具有重要的开拓意义，他多有行旅羁役之辞，并大力创作慢词，在词中多用白描等，在其描写山水的《满江红》中就有些许体现。词发展到苏轼时进入到了一个全新的境界，此时豪放词逐渐成形，并作为一个流派，在词史上长期与占有主体的婉约词并足而立，但苏词除豪放旷达之外，还有清丽秀洁的一面，这在其山水词中亦有反映。张孝祥以苏轼为学习典范，并且以苏词作为榜样进行比较，时常问其门人："比东坡何如？"这似乎是有些不自量力了，其门人想必也一时难以回答，但其《念洞庭·过洞庭》确是名篇，有苏词之高致。辛弃疾的词作既有英雄气，亦有儿女情，是宋词中的巨擘，但在写山水方面，专门之作较少，所以本书也仅仅选了两首。张炎论词以"清空""骚雅"为尚，所选两篇亦略有其意。其他词人如苏舜钦、黄庭坚则是考虑到其文学创作的另一面，因为读者对其诗歌创作已有较多的了解，但在词学方面，二人并非像诗歌那样有影响力，主要起一种补充阅读的作用。

满 江 红

柳 永

暮雨初收，长川静、征帆夜落。临岛屿、蓼烟疏淡，苇风萧索。几许渔人飞短艇，尽载灯火归村落。遣行客、当此念回程，伤漂泊。

桐江好，烟漠漠。波似染，山如削。绕严陵滩畔，鹭飞鱼跃。游宦区区成底事，平生况有云泉约。归去来、一曲仲宣吟，从军乐。

作者简介：

柳永（980？—1053？），初名三变，字耆卿。因排行第七，故又称柳七，崇安（今福建武夷山附近）人。景祐元年（1034）进士及第，历任睦州团练推官、余杭令、晓峰盐场盐官，泗州判官，终屯田员外郎，世称柳屯田。由于其仕途淹蹇不顺，故多写市井生活，以词著称。他是北宋第一个专力填词的文人，一生大力写作慢词，创造新的词牌，对宋词的发展做出了巨大贡献。柳永的词善用铺叙和白描，大量使用俗语、俗乐，但总体而言是雅俗并举，俗中见雅。今有《乐章集校注》，中华书局 1994 年版，可参看。

赏析：

　　全词大意：暮雨初歇，桐川江面一片澄静，远征的航船此时落下帆布。江中的岛屿，蓼草稀疏，雾霭沉沉，芦苇在秋风中摇荡，分外萧索。有几个渔人撑着小艇快速地驶过，满载着星光与渔火回到了村落。此情此景让远行的游子想起回家的路途，暗自伤感起漂泊的羁旅。桐江景色美丽，雾霭漠漠弥漫。水波像染过一样的青绿，山峰像刀削过一样整齐。环绕严子陵的钓滩，只见白鹭飞翔，鱼跃江面。为了仕途到处奔波，到头来又有什么样的结果呢？更何况我和白云、泉水还有平生的约定。回去吧，王粲的《从军乐》唱得好，游宦生活太苦了。

　　古代士子都有着"修身、齐家、治国、平天下"的宏伟愿望，柳永自然也不例外。但由于生性疏狂，在仕途中屡不得志，"才子词人，自是白衣卿相"的不驯之辞或许也是柳永无可奈何的一种发泄。三十年的游宦生活使得柳永的词境阔大、丰富起来，不会只在倚红偎翠中左冲右突，更多的是表现出对漂泊游宦生活的书写，正如陈振孙在《直斋书录解题》卷二一中所说："（柳词）形容曲尽，尤工于羁旅行役。"这首《满江红》就是一个鲜明的例子。《满江红》是柳永自创的词牌，通篇仄声韵的使用也有利于词人情感的抒发、宣泄。该词在写景方面多用白描手法，比如"波似染，山如削"之句，语言质朴但表现力很强，很容易将读者带入到意境中去，这也无怪乎柳词拥有众多的读者了。

水调歌头·沧浪亭

苏舜钦

潇洒太湖岸，淡伫洞庭山。鱼龙隐处，烟雾深锁渺弥间。方念陶朱张翰，忽有扁舟急桨，撇浪载鲈还。落日暴风雨，归路绕汀湾。

丈夫志，当景盛，耻疏闲。壮年何事憔悴，华发改朱颜。拟借寒潭垂钓，又恐鸥鸟相猜，不肯傍青纶。刺棹穿芦荻，无语看波澜。

作者简介：

苏舜钦（1008—1048），字子美，祖籍梓州铜山（今四川中江）人，曾祖时迁至开封人。景祐元年（1043）举进士，历任集贤院校理，监进奏院。因支持范仲淹庆历新政，被王拱辰属官弹劾，罪名是苏舜钦在进奏院祭神时，卖废纸宴请众宾客，罢职后常居苏州沧浪亭，后起为湖州长史，同年病卒。喜饮酒，为人豪放，诗风亦如之，与梅尧臣并称"苏、梅"，今有《苏舜钦集》，上海古籍出版社 2011 年版，可参看。

赏析：

　　全词大意：太湖岸边的景物一片潇洒，澄静的太湖水环绕着洞庭山。浩渺湖泊不见鱼龙的踪影，它们被锁在弥漫的烟雾里。正在怀想范蠡与张翰的时候，忽然有一叶扁舟载着鲈鱼，搏击风浪迅速驶来。傍晚时分暴风雨袭来，只好沿着小洲弯处回航。如果胸怀大丈夫的志向，在太平盛世的时候，一定羞耻于投闲置散的生活。为什么壮年时期就面容憔悴，应有的朱颜为白发所侵。也想在寒冷的潭水边垂钓，但是又担心鸥鸟猜疑嫉妒，不肯来依傍这杆钓丝。还是撑船穿过那一片芦荻，默默地观赏着江上的波澜吧。

　　苏舜钦"以罪废，旅于吴中"，吴中即现在的苏州。因词人"思得高爽虚辟之地以舒所怀，不可得也"，所以偶然看到草木葱茏的亭子后，便"爱而徘徊，遂以钱四万得之，构亭北埼，号沧浪焉"。这是沧浪亭的由来。"沧浪亭"得名于战国诗人屈原《渔父》中所载"沧浪之水清兮，可以濯吾缨；沧浪之水浊兮，可以濯吾足"。《孟子·离娄》中也有相似的记载。渔夫的本意是劝屈原"君子处世，遇治则仕，遇乱则隐"。词人以"沧浪"为亭，正是借用此意，表达了自己独善其身的狷者操守。词的下阕"壮年何事憔悴，华发改朱颜"中可以看出虽然词人已经决定了要做一个"众人皆醉我独醒"式的人物，但正值壮年的他心中毕竟还是有所不甘，他想和严子陵一样，用无事无为的举动向世人证明他的高洁，但词人内心并未平静，为了说服自己，安慰自己，所以才将其目光久驻于太湖的波澜之中。这首词写景的部分并不多，而且也不居主导地位。词人是用历史上归隐吴地以免祸的名人（范蠡、张翰）来安慰自己的处境，也由此抒情、议论，没有含蓄蕴藉之美，却有一唱三叹之真。

水调歌头·黄州快哉亭赠张偓佺

苏 轼

落日绣帘卷，亭下水连空。知君为我新作，窗户湿青红。长记平山堂上，欹枕江南烟雨，渺渺没孤鸿。认得醉翁语，山色有无中。

一千顷，都镜净，倒碧峰。忽然浪起，掀舞一叶白头翁。堪笑兰台公子，未解庄生天籁，刚道有雌雄。一点浩然气，千里快哉风。

赏析:

　　全词大意:落日时卷起绣帘眺望,快哉亭下水天相接。知道你为我特意在新建的窗户上涂上了鲜润的青油朱漆。常常想起在平山堂上的时候,倚靠着枕头欣赏烟雨迷蒙中的江南,看着天际的孤鸿慢慢地消失在视野。仍然记得醉翁的那句诗——"山色有无中"。千顷的湖面像明镜一般澄澈,倒映着碧绿的山峰。忽然波涛翻涌,只见一位白头渔翁撑着一叶扁舟在狂浪中自乐。兰台公子宋玉真是好笑啊,他未能理解庄子所讲的"天籁",偏要说风有雌雄之别。其实只要心中存有一点点的浩然正气,就能领略千里而来的"快哉"之风。

　　此词写于宋神宗元丰六年（1083）,全词以"快哉亭"周围的广阔景象为描写对象,描绘出亭下水天相接、夕阳映楼的优美图景,展现出一片空阔无际的境界,这种视觉感受正可用"快哉"二字形容。清黄苏《蓼园词评》云:"前阕从'快'字之意入,次阕起三语承上阕写景,'忽然'二句一跌,以顿出末二句来,结处一振,'快'字之意方足。"可见黄氏的评论也是以"快哉"二字为中心,以景色的阔大让读者自然生起一种畅快的阅读感受,但仅有这一点是不够的,所以笔锋一转,将"快哉此风"的典故融合在历史的议论中,如此方能缴足题面,写景抒情才能够做到"毫发无遗憾"。苏轼主张词"自是一家",并且实践"以诗为词"的写法,在此首词作中便可略见端倪。"知君为我新作,窗户湿青红"有如散文笔法,这些对辛派词人的创作都产生过一定的影响。

虞美人·有美堂赠述古

苏 轼

　　湖山信是东南美。一望弥千里。使君能得几回来。便使尊前醉倒、且徘徊。

　　沙河塘里灯初上。水调谁家唱。夜阑风静欲归时。惟有一江明月、碧琉璃。

赏析:

全词大意:有湖有山的风景,还是东南地区的更加美丽。一眼望去,山峦相接,真有千里之势。不知使君你这一去何时才能归来,不如索性醉倒,徘徊其中。华灯初上,把沙河塘映照得五光十色。不知谁家唱起了《水调》。夜深之时,风静波平,宾客正要归去的时候,看到的唯有江上的一轮明月,将水面映照得如碧绿的琉璃一般。

从这首山水词中可以明显地看出苏词书写中存在的一种典型模式,即全词中描写人、情、事,结尾却突然一转,以自然之景收束全词,将人事之乐融入到玄远幽谧的山水之情中。词的上阕写在歌宴中苏轼因友人要求写词赠送,人物是参与宴会的官员,景物是杭州有美堂,事件是赠别。一个"醉"字体现出"但愿沉醉不复醒"的现实情境。词的下阕以"惟有一江明月、碧琉璃"结尾,给人一种身心舒畅,里外通透的阅读体验。在这种情境下,一方面,幽深广袤的山水之思使主体不至于沉溺于歌舞宴游的感性之乐;另一方面,山水之景与人事的和谐统一,在一定程度上成为主体之情的外化。元好问《遗山文集》卷三十六《新轩乐府引》写道:"唐歌词多宫体,又皆极力为之。自东坡一出,性情之外,不知有文字,真有'一洗万古凡马空'气象。"元好问的评价可谓去其皮毛而独得其精神,"不知有文字"是说苏轼的词从来不是靠辞藻华丽而取胜的,胜在其性情之真。比如词中的"便使""且""惟有"等,读起来都有一种简单、洒脱的感受。

行香子·行过七里濑

苏 轼

一叶舟轻，双桨鸿惊。水天清、影湛波平。鱼翻藻鉴，鹭点烟汀。过沙溪急，霜溪冷，月溪明。

重重似画，曲曲如屏。算当年、虚老严陵。君臣一梦，今古空名。但远山长，云山乱，晓山青。

赏析:

全词大意: 驾着一叶轻舟, 翻飞的双桨像惊起的飞鸿扇动它的翅膀。水天一色, 波面平静, 倒影清澈。鱼儿在水面的荇藻上翻腾, 白鹭点缀在云烟缭绕的汀渚中。溪水在我一路走过的行程中也不断地展示着它丰富的内涵: 变成了湍急的沙溪、清冷的霜溪、明朗的月溪。这重重景色层叠若画, 曲折似屏。想当年, 严子陵也只能算是空老一身啊, 他何曾领略这山水之妙呢。君臣未能相契, 只留下千年一梦, 古今空名。如今还剩下什么呢? 只看见这里绵延不绝的山峰、云雾缭绕的山峰、清晓翠绿的山峰。

此词写于宋神宗熙宁六年 (1073), 苏轼在泛舟经过富春江上的七里濑之后所作。全词三、四字的句式, 整齐而有法度, 在对大自然的感叹中寄寓自然永恒的观念。这一观念在苏轼的词中经常出现, 正如他在《前赤壁赋》中所感叹的: "惟江上之清风, 与山间之明月, 耳得之而为声, 目遇之而成色, 取之无禁, 用之无竭, 是造物者之无尽藏也, 而吾与子之所共适。" 在美好的自然情境中转而生发出对个体价值的探求, 在探求寻觅的过程中思考外在事功, 继而对其进行彻底的否定, 最后以自然山水总结。"远山长, 云山乱, 晓山青" 不仅是词人目力范围内的自然情境, 更是词人安详静谧心境的外化, 词中写 "算当年、虚老严陵。君臣一梦, 今古空名" 借此指出对君臣感遇的否定, 揭示出世俗功名利禄的虚幻性。对现实政治清醒之后, 纵情山水也便思虑单一了。

南乡子·春情

苏 轼

　　晚景落琼杯。照眼云山翠作堆。认得岷峨春雪浪，初来。万顷蒲萄涨渌醅。

　　暮雨暗阳台。乱洒高楼湿粉腮。一阵东风来卷地，吹回。落照江天一半开。

赏析：

全词大意：春晚的景色落入琼瑶酒杯中，云山缭绕，成堆的翠色直逼人眼。我认得这是故乡岷山、峨眉山的冰雪初融，雪浪逶迤而来，就像万顷的涨起的葡萄美酒。暮雨使阳台阴暗下来，乱洒的雨点飘在高楼，打湿了桃李的粉腮。一阵春风卷地而来，吹回了一半的江天落照。

苏轼笔下的春情，是一幅江景晚照图。词的上阕写得细致、旖旎，酒杯中之晚景，大概只有以诗人之童心，方能写如是之景观。"翠作堆"中的"堆"字将无形之色写作有形之物，化虚为实。杜牧"长安回望绣成堆"，虽然用到了相似的修辞手法，但相较苏词，实体成分似乎还是多了一些。接下来写岷峨雪浪，可谓神来之笔。苏轼用葡萄之色比喻江水，源自李白"遥看汉水鸭头绿，恰似葡萄初发醅"，但二者又有所不同，一是"初来"之"初"，延伸了地理空间，也延伸了诗意空间，二是"认得"二字有趣，江水所在一片混莽，何能认得？然若执此以问词人，则太过呆板矣。苏轼对故乡的山川充满感情，时时有自豪之意，说"认得"也无非是寄托乡思之情，虽是无理，却偏有趣。上阕开头曰"晚"，下阕开头曰"暮"，词人故意设置了相似的开头，好像要有意借此展示一下其才华。相较于上阕的旖旎风格，下阕是一种干脆洒脱的阅读感受。"吹回"与"开"字放在一起，给人一种云开雾散，另见天地的感受，也仿佛是词人的胸怀被打开了一样，虽在暮景，但觉爽朗而明亮。

诉衷情

黄庭坚

在戎州登临胜景，未尝不歌渔父家风，以谢江山。门生请问：先生家风如何？为拟金华道人作此章。

一波才动万波随，蓑笠一丝。金鳞正深处，千尺也须垂。

吞又吐，信还疑，上钩迟。水寒江静，满目青山，载月明归。

赏析：

　　全词大意：一层波浪刚刚出现，千万层波浪又随之而起，鱼深千尺，亦须稳坐钓台，垂下钩饵。鱼儿吞下药饵又将其吐出，似乎相信我，又似乎在怀疑。水面清寒江面平静，青山在眼，逼人眼目，日落之后，满载明月而归。

　　黄庭坚的词，最明显的一个特征就是雅俗并存，仿佛判若两人。雅词中，一部分是咏物的，另一部分则是贬谪期间表达内心情志的作品，比如这首。元祐年间，黄庭坚因修《神宗实录》得罪，被贬涪州别驾、黔州安置，后因避亲嫌，改至戎州。诗序中的"戎州"表明词人正处在贬谪之中。虽在贬谪之中，词人并没有消沉，而是登临胜景，寄托遥思。序中提到的"渔父家风"值得一思，在中国古典文学中，出现了三个著名的"渔父"：一是《庄子》中的渔父，二是《楚辞》中的渔父；三是张志和《渔歌子》中的渔父。虽然在各自的文本中，渔父的形象略有差异，但都是遗世而得道的高人。黄庭坚所谓的"家风"，便是生活于江水渔歌中的超脱与潇洒。在历史文化的语境中，山谷词获得了丰富的内涵。上阕用了两个"一"，一个"千"，一个"万"，虽然有"算博士"之嫌，但一丝蓑笠正表明其生活态度之简易；千尺须垂，在表明对隐逸生活的热爱和坚持。下阕以鱼为主体，婉转地表明自己的心迹。"吞又吐"，难道不是说自己在出仕与入仕间的两难选择吗？一番抉择之后，词人回到了渔歌声里，明月怀中，读罢但觉词境空阔，情思高渺。

怨 王 孙

李清照

　　湖上风来波浩渺。秋已暮、红稀香少。水光山色与人亲，说不尽、无穷好。

　　莲子已成荷叶老。青露洗、萍花汀草。眠沙鸥鹭不回头，似也恨、人归早。

作者简介：

　　李清照（1084—1155?），号易安，齐州章丘（今属山东）人。其父李格非属苏门后出，藏书甚富，对其文学之熏陶有重要影响。十八岁时嫁于金石学家赵明诚，琴瑟和谐。靖康之难后，又遭丧夫之痛，南渡之后，漂泊无依，客死江南。李清照的词作以靖康之难为界限分为前后两期，前期词作多写少女、少妇时的闺中生活，风格轻灵、柔婉，后期词作多写家国之思、悲身悼世，风格低沉、凄婉。易安词韵律优美，语言自然，这和她主张词"别是一家"之说有一定关系，因其词作有如此风格，故被称为"易安体"，其《漱玉词》现仅存词作四十余首，然已卓然名家，与陶渊明一样，都是十分值得重视的文学家。今有徐培均《李清照集笺注》，上海古籍出版社 2013 年版，可参看。

赏析:

　　全词大意: 清风吹过湖面, 生起浩渺的烟波, 已是暮秋时分, 红花、香草逐渐稀少。水光山色好像与人相亲相近, 哪里说得尽这无穷的好处呢? 莲花已著子, 荷叶也已蓑老。蘋花汀草好像被青色的露水洗过一样, 鸥鹭在沙旁相依而眠, 头也不回, 好像也在怨恨我过早地归去, 与它们分别。

　　年轻时的李清照生活无忧无虑, 涉世未深, 或未曾涉世, 拥有王国维所说的那颗难得的"赤子之心", 在她的眼中, 自然界中的一切都是那么可爱可亲。"浩渺"的烟波, 大概也是词人那浩渺的胸怀的体现, 暮秋之时, 本来已是繁华褪去、芳草凋落之时, 但词人并没有为此感到悲愁满怀, 相反, 她觉得秋天的山光水色别有风味, 有说不尽的无穷好处。未更世事, 不知温饱、离别为何物, 纵使草木摇落、秋风呼啸, 于词人而言, 亦可赏其飘落之姿、天籁之音。下阕写秋露之下的莲子、荷叶、蘋花、汀草, 词人也没有排斥这些景物, 而是将其与睡眠在沙岸的鸥鹭放置一起, 共同组成了一幅鸥眠秋湖图, 没有回头的鸥鹭好像也在怨恨游人过早地归去, 不能与其结伴与湖水之畔。这是多情的词人在无拘无束的生活中生发的活泼而善良的奇思异想。从《列子·黄帝》开始, 人们都一直希望与自然界的鸥鸟建立起两无嫌疑的关系, "此心吾与白鸥盟"便是如此。李清照在这里不但已经与鸥鹭相盟, 而且还建立了可以相知相怨的朋友关系, 可见词人与自然万物早已了无间隔。

虞 美 人

陈与义

自琐闼以病得请奉祠，卜居青墩。立秋后三日行，舟之前后，如朝霞相映，望之不断也。以长短句记之。

扁舟三日秋塘路。平度荷花去。病夫因病得来游。更值满川微雨、洗新秋。

去年长恨挐舟晚。空见残荷满。今年何以报君恩。一路繁花相送、过青墩。

赏析：

　　全词大意：扁舟三日，行走在秋塘的水路中，与荷花平视而去。正是因为生病后，才有闲暇来此游赏，又恰好正逢上满川的微雨，将新秋一洗而过。去年时分，长恨划船来游时，已是太晚，只见残荷满塘。今年该如何报答如天似海之君恩呢？大概只有荷花一路相伴，送我走过青墩吧。

　　词在最开始的时候是没有小序的，从张先开始，到苏轼之时，大量使用小序已经成为了词作的惯例。一首好的小序，对整个词境的提升会大有帮助。"立秋后三日行"，将"立秋"二字点出，说明词人对户外的风景并没有抱有太多的希望，而且是"后三日"，满目萧瑟大概是可以想见了。但真的来到池塘之后，却发现荷花盛开，"如朝霞相映，望之不断"，用杨万里的话来说，大概就是"接天连叶无穷碧"了，这是一种意外之喜，见此场景，病中的词人应该也会有"秋风病欲苏"之感吧。上阕"平渡"中的"平"字，将舟中观荷，远远望去的视线感真实地表达了出来。"更值"一句，将雨后秋荷的红艳秀洁的想象空间留给了读者。下阕由目前之景转向回忆，遗憾去年来时已晚，空将美景辜负，相较之下，愈发觉眼前红荷之可爱可贵。末句用"何以"提起，将下文提前预置于读者脑海中，"一路繁花"，尤其是在立秋之后，这种旺盛的生命力对大病初愈的词人来说未尝不是一种鼓励。"相送"二字，将荷花写得脉脉含情，从另一面也见出词人心情的舒畅，"气之动物，物之感人"，于斯可见。

念 奴 娇

范成大

　　水乡霜落，望西山一寸，修眉横碧。南浦潮生帆影去，日落天青江白。万里浮云，被风吹散，又被风吹积。尊前歌罢，满空凝淡寒色。

　　人世会少离多，都来名利，似蝇头蝉翼。赢得长亭车马路，千古羁愁如织。我辈情钟，匆匆相见，一笑真难得。明年谁健，梦魂飘荡南北。

赏析：

　　全词大意：水乡霜落时分，遥望西山，只有一寸之长，就像修长的眉毛碧青可爱。南浦潮水涨起的时候，帆影渐张，慢慢离去，夕阳之下，一片天青水白。万里的浮云，一会儿被风吹散，一会儿又被聚集在一起。酒樽之前，歌舞罢后，满空凝聚着淡寒之色。为了名利，人世间总是离多合少，到头来都似蝇头蝉翼那般细微单薄。长亭上车马往来，千古堆积的羁旅之愁，仿佛已经可以编织。像我们这些人，对待情感还是非常认真的，匆匆相见之时的开口一笑，真的是非常难得，明年又有谁会健在于世呢？梦魂和我一样，飘荡在天南地北。

　　这首词在写法上结构分明，采用了常见的上阕写景，下阕抒情的模式。上阕写景为舟中所见，先写远景，"一寸"虽然略有夸张，但读来却别具真实，更是在"霜落"之时，故而更显山川辽阔，"落木千山天远大"也许是词人所见最好的概括吧。用"修眉"比喻山色，将《西京杂记》中用山色比喻卓文君眉黛的用法调整了过来，但历史与语言的综合下，二者已然不分，愈显其柔媚。然后词人转向近景描写，写日落时分的江天、浮云，写浮云之聚散用了三句，这并非语言的不精练，相反，如此不惜笔墨，正说明词人观云之久，徜徉其中，非此不足以见其逍遥之情、出世之怀。下阕写名利之下，众生劳役之苦，奔波之相，读来只觉其情之真质，几乎没有觉察其中的典故。"我辈情钟"化用晋朝王衍名言"情之所钟，正在我辈"；"明年谁健"是截取杜甫《九日蓝田崔氏庄》中"明年此会知谁健"的句子，这是比较容易发现的。其实上句"一笑真难得"也可以将读者再一次引到杜诗《九日蓝田崔氏庄》"尘世难逢开口笑"中去，这一方面说明有些共同情感，无论是诗还是词，都可以尽情表达；另一方面也说明杜诗深入人心之历史穿透力。

念奴娇·过洞庭

张孝祥

洞庭青草，近中秋、更无一点风色。玉鉴琼田三万顷，著我扁舟一叶。素月分辉，明河共影，表里俱澄澈。悠然心会，妙处难与君说。

应念岭海经年，孤光自照，肝肺皆冰雪。短发萧骚襟袖冷，稳泛沧浪空阔。尽吸西江，细斟北斗，万象为宾客。扣舷独笑，不知今夕何夕。

作者简介：

张孝祥（1132—1169），字安国，号于湖居士，历阳乌江（今安徽和县）人。绍兴二十四年（1154）举进士，授承事郎，签书镇东军节度判官，后累迁中书舍人、直学士院兼都督府参赞军事、领建康留守，因支持张浚北伐而罢职。后历任荆南府、荆湖北路安抚使。乾道五年（1169），以显谟阁直学士致仕。次年病逝芜湖。今有《于湖居士文集》，上海古籍出版社2009年版，可参看。

赏析：

　　全词大意：洞庭湖、青草湖，在中秋将至的时候，风平浪静。三万顷明净光洁的湖水，载着我的一叶扁舟。皎洁的素月把自己的光辉分给了湖水，明亮的月光映照湖水如琉璃一般，里里外外一样澄澈。心境与物境悠然相会，其中妙处实在无法用言语向你述说啊。也应想起在岭南那几年的日子，在孤独的月光下，肝胆皆如冰雪般透彻明亮。此刻短发萧疏的我渐觉夜色冰凉，襟袖寒冷。安稳地泛舟在这广阔浩渺的洞庭之上。让我汲尽西江之水，用北斗做勺细细品酌，邀请万象作为宾客，轻扣船舷，会心独笑，不知今晚又是哪一个夜晚。

　　本词作于宋孝宗乾道二年（1166），词人被谗落职，由广西经洞庭湖向北而归。这首词借洞庭夜月之景，抒发了作者的高洁忠贞和豪迈气概。张孝祥上承苏轼并兼融李白的浪漫精神，以潇洒灵动之笔写出了词人的浪漫想象。上片进入茫茫宇宙，人与宇宙融为了一体，词人陶醉其中"妙处难与君说"，既已得意，则他物不相关矣。非是忘言，实是言不尽意也。下片通过"应念"一转，又回到现实，"肝胆皆冰雪"写出了词人高洁的自我形象，"尽吸西江、细斟北斗，万象为宾客"将全词推入高潮，也只有心胸宽广潇洒的人，才能抒发出如此阔大的恢宏气魄。黄苏在《蓼园词选》中评曰："写景不能绘情，必少佳致。此题咏洞庭，若只就洞庭落想，纵写得壮观，亦觉寡味。"的确，写洞庭湖的诗词不胜枚举，于湖词的胜处正在于"表里俱澄澈""肝胆皆冰雪""万象为宾客"这一类表达胸襟品格的物外之思。

水调歌头·泛湘江

张孝祥

濯足夜滩急，晞发北风凉。吴山楚泽行遍，只欠到潇湘。买得扁舟归去，此事天公付我，六月下沧浪。蝉蜕尘埃外，蝶梦水云乡。

制荷衣，纫兰佩，把琼芳。湘妃起舞一笑，抚瑟奏清商。唤起九歌忠愤，拂拭三闾文字，还与日争光。莫遣儿辈觉，此乐未渠央。

赏析：

　　全词大意：滩头濯足，夜色随着湍急的水流从我的脚背流下。晾一晾我的头发，感受这北风吹来的凉意。吴地的山峦，楚地的湖泊，一路看尽湖光山色，但是还没有到达潇湘。买了一叶扁舟，辞官归去。这是天公作美，让我在六月能泛舟沧浪。志趣像秋蝉在污泥中脱壳，在尘埃外徜徉，又如庄周化蝶，梦回水乡。制芰荷以为衣，缀秋兰以为佩，行吟之处，手把琼芳。湘水女神一笑起舞，抚瑟弹奏一曲清商，唤起了屈原的忠愤，写入《九歌》可与日月争光。莫要让儿辈知晓，这泛舟的乐趣悠渺不尽，正该我辈独享。

　　本词作于宋孝宗乾道二年（1166），词人从桂林罢官北归，于北归途中，在湘江上泛舟时的作品。汤衡《张紫微雅词序》曰："平昔为词，未尝着稿，笔酣兴健，顷刻即成……无一字无来处，如'歌头''凯歌'诸曲，骏发蹈厉，寓以诗人句法者也。"在张孝祥的这首词作中，大概是实践了"无一字无来处"的说法，词人将前人诗作、典故、议论引入句中，供其驱使，而意脉流畅，无晦涩炫博之意，表现出其较高的语言修辞能力。本词即隐括了《楚辞·渔父》《楚辞·九歌·少司命》《诗经·邶风·北风》《史记·屈原贾生列传》《庄子·齐物论》《世说新语·言语》中的典故。张孝祥平生词作以苏轼自期，就"以诗为词"这点而言，于湖词的确有一些苏东坡的影子。

菩萨蛮·书江西造口壁

辛弃疾

郁孤台下清江水，中间多少行人泪？西北望长安，可怜无数山。

青山遮不住，毕竟东流去。江晚正愁余，山深闻鹧鸪。

作者简介：

辛弃疾（1140—1207），字幼安，号稼轩，历城（今山东济南）人。绍兴三十一年（1161），二十一岁的辛弃疾加入耿京的抗金义军，在耿京被叛将张安国杀害后，辛弃疾率五十余骑深入金营，擒获张安国，押送到建康受刑，一时大有盛名。但由于他无法改变的"归正人"身份，所以一直不受朝廷重视，只在江阴、建康等地方担任小官。嘉泰三年（1203）韩侂胄力主北伐时，略受任用，但不久又被弹劾落职，于铅山病终。稼轩词悲壮慷慨，多表现其壮志难酬的爱国热情，词风豪放，但稼轩词也有婉丽明亮、多情妩媚的一面。今有邓广铭《稼轩词编年笺注》，上海古籍出版社 2007 年版，可参看。

赏析：

全词大意：郁孤台下这赣江的流水中，有多少行人的眼泪啊！我抬头眺望西北的长安，可惜只见到无数的青山。但青山怎能把江水挡住呢，浩浩江水终于向东流去。江边日晚，我正满怀愁绪，听到深山里传来的声声鹧鸪。

淳熙三年（1176），辛弃疾任江西提点刑狱，在途经造口时创作此词。面对造口壁，辛弃疾想起当年隆裕太后仓皇南逃，金兵一直深入到造口之事。辛词"借水怨山"，善于运用比兴手法，笔笔言山水，处处有兴寄。近人俞陛云评价此词时说："词仅四十四字，举怀人恋阙，望远思归，悉纳其中，而以清空出之，复一气旋折，深得唐贤消息。集中高格也。"所谓"唐贤消息"大概指含蓄蕴藉一途，心中有无限的话语，但在结尾收束的时候，只是说听到深山中的鹧鸪。鹧鸪声似"不如归去"，诗人未曾点破，正可谓"含不尽之意，见于言外"。登高望远与心情甚为相关。辛弃疾是说无数山峰阻挡了视线，不能望见故土，所以内心非常忧伤，但也有恰恰相反的表述：正是因为没有山峰阻挡视线，所以才更加的忧伤。比如戴复古《江阴浮远堂》："横冈下瞰大江流，浮远堂前万里愁。最苦无山遮望眼，淮南极目尽神州。"诗人登高之后，一眼望到了昔日属于宋朝故土的淮北之地，触目伤情，所以希望眼前能有一座山峰遮挡住自己的视线。可见，在完全不同，甚至截然相反的地理环境中却可以写出相同的情感体验，这也正是文学不同于其他自然科学的魅力所在。

沁园春·灵山斋庵赋时筑偃湖未成

辛弃疾

叠嶂西驰，万马回旋，众山欲东。正惊湍直下，跳珠倒溅；小桥横截，缺月初弓。老合投闲，天教多事，检校长身十万松。吾庐小，在龙蛇影外，风雨声中。

争先见面重重，看爽气朝来三数峰。似谢家子弟，衣冠磊落；相如庭户，车骑雍容。我觉其间，雄深雅健，如对文章太史公。新堤路，问偃湖何日，烟水蒙蒙？

赏析：

　　全词大意：重峦叠嶂向西而去，就像万马在此回旋，众山似乎又要掉头向东而行。正好湍急的河水直直地落下，跳动的水珠四处飞溅；小桥横架在水上，像残缺的月亮和刚拉开的弓。人老了就应当赋闲而居，可苍天却这么多事，来让我检阅这十万长松。我的草庐很小，在松枝的龙蛇影外，在旷野的风雨声中。早上清爽的山气中，三五峰峦好像要争着和我见面一样。他们既像衣冠磊落的谢家子弟，又像车骑雍容的相如阵势。我觉得其间的山景雄深雅健，一一看去，却有一种读太史公文章的感受。偃湖的堤岸什么时候才能修好啊，让我一赏这烟水蒙蒙的风光！

　　该词大约作于宋宁宗庆元二年（1196），词人罢官闲居，写的是上饶一带的风光。词一开始，"叠嶂西驰，万马回旋，众山欲东"三句，便有石破天惊的气势。同样写山的动感，这和杜甫《咏怀古迹五首》（其三）的起笔"群山万壑赴荆门"相似，颇有异曲同工之妙，一个"赴"字写出江水之奔腾、山川之险峻，千载之下读之，犹凛然飞动，富有生气。下阕词人用东晋谢家子弟、西汉司马相如的磊落、雍容来比拟山峰健拔秀润之美，又用太史公文章雄深雅健的风格，来刻画灵山深邃宏伟的气度。表面上看来，这两两相比的物事，似乎不伦不类，风马牛不相及，而它们在精神上却有某些相似之处。这个精神上的结合点，正在于作者本人的情志和态度能够充分地驾驭。稼轩词的魅力不仅是熔合典故，以文为词，这只是属于"技"范畴；于典故之外尚能意态流转，顾盼生辉，这便是"进技乎艺"了，这正是辛派后人虽然竭力效仿，但却难以企及的地方。

南浦·春水

张 炎

波暖绿粼粼，燕飞来，好是苏堤才晓。鱼没浪痕圆，流红去，翻笑东风难扫。荒桥断浦，柳阴撑出扁舟小。回首池塘青欲遍，绝似梦中芳草。

和云流出空山，甚年年净洗，花香不了？新绿乍生时，孤村路，犹忆那回曾到。余情渺渺，茂林觞咏如今悄。前度刘郎归去后，溪上碧桃多少。

作者简介：

张炎（1248—1322？）字叔夏，号玉田、乐笑翁，临安（今杭州）人。原为贵族后裔，祖父张濡被元人杀害，财产被抄，家道从此中落。宋亡后，曾游历大都，之后南归，长期落魄，寓居杭州，至以卖卜为生。旦年以《南浦·春水》得名，人称"张春水"。入元之后，词风转入苍凉凄楚一途。晚年所著《词源》对词之音律、作法颇多评论，是词论史中的力作。今有《山中白云词》，中华书局 1983 年版，可参看。

赏析：

　　全词大意：温暖的水面上波光粼粼。燕子飞来，正是苏堤春晓时候。鱼儿潜水，漾起圆圆的涟漪；流水带走了落花，反而嘲笑春风难以将落花清扫。荒废的小桥下，一叶小舟从柳阴深入缓缓撑出。回首看去，池塘边快要长满了青草，特别像当年谢灵运梦中所写"池塘生春草"那种意境。（溪水）和白云一起流出空山，为什么年年的流水还洗不走花香呢？孤僻的村落边，新绿初生，还能回忆起当年曾来此地驻足。当日如兰亭集会般喧闹的场面如今也寂然无声，只剩下余情渺渺不绝。就像之前的刘郎归去以后，西湖边溪水上的碧桃还剩有多少呢。

　　张炎的这首《南浦·春水》是他的成名之作，还因此获得了"张春水"的雅号。词人对春水观察得细致入微，一开始就紧扣"春水"这个主题，所以第二个字便是"暖"字，紧接着又写"燕飞来"，更加鲜明地突出主题。之后的"流红""东风""柳阴"等，都是在渲染"春水"二字。尤其是上阕的末二句，张炎借用旧典，翻出新意。意谓今日池塘长满青草，恰似当年谢氏诗中所表达梦中之意境，这里用到了虚写实景的手法，把眼前所见之实境——虚化。所以在写春水时才能不粘不脱，活灵活现。此外，该词在化用典故方面也可圈可点，比如"荒桥断浦"一句，明显有徐俯《春游湖》"春雨断桥人不度，小舟撑出柳阴来"的影子。加之后文使用谢灵运、王羲之、刘禹锡等人的文辞，使整首词既显得活泼灵动，又富含古典意味。

壶中天·夜渡古黄河与沈尧道
曾子敬同赋

张　炎

扬舲万里，笑当年底事，中分南北。须信平生无梦到，却向而今游历。老柳官河，斜阳古道，风定波犹直。野人惊问，泛槎何处狂客？

迎面落叶萧萧，水流沙共远，都无行迹。衰草凄迷秋更绿，唯有闲鸥独立。浪挟天浮，山邀云去，银浦横空碧。扣舷歌断，海蟾飞上孤白。

赏析：

　　全词大意：泛舟于万里黄河，回想当年真是可笑啊，为何要以黄河划定南北的界线呢。平生连做梦也没有想到会来这里，如今却不得不相信确实在此地游历过。官河边的柳树已饱含苍老之态，斜阳照射在古道边。风停了，河水的波浪却依旧直奔而去。岸上的村民应该会惊讶地问：是哪儿来的疏狂客人在此泛舟？落叶萧萧，迎面而来，流水挟裹着黄沙一齐远去，无影无踪。秋日之下，衰草的绿色显得更加凄迷，此时唯有悠闲的白鸥伴我独立于此。浊浪卷空向天边浮动，山峰好像在邀请云朵一同远去，碧空中的银河是那样的无边无垠。扣动船舷，悲歌声断，海边的月亮已经飞上了那一缕白色的云彩。

　　《壶中天》是《念奴娇》的别名。此词是张炎与沈尧道、曾子敬一同受命北上，夜渡黄河所作。沈尧道与曾子敬皆是当时的名士，三人被元朝统治者强令赴大都写金字藏经。因有这层背景，故这首词显得"豪而不放"，豪宕之外，更多的是激愤孤高之意。自"扬舲万里"到"却向而今游历"四句，是说南宋与金对峙，本以为即使是梦中，也不会梦到宋疆以外的古黄河，不想如今却真的放船万里，亲身游历了。这四句词，尤其是"笑当年""须信""却向"数语，蕴藏着对元人吞并南宋的无限辛酸。清代词论家陈廷焯在《云韶集》评论此词，说："'扬舲'等句，高绝，超绝，真绝，老绝，结尾更高更旷，笔力亦劲，压遍今古。"真可谓拈破题意，直击要害。

清词
篇

郭绍虞在其《中国文学批评史》绪论中说："周秦以诸子称，楚人以骚称，汉人以赋称，魏晋六朝以骈文称，唐人以诗称，宋人以词称，元人以曲称，明人以小说、戏曲或制艺称，至于清代的文学则于上述各种中间，或于上述各种之外，没有一种比较特殊的足以称为清代的文学，却也没有一种不成为清代的文学。"根据这种说法，清代之前，各种文体在其特有的时代里都可以作为代表性的文学样式，但到了清代时，没有一种文体的光芒足以掩盖其他的文体，所以没有"足以称为清代的文学"，但与此同时，各种文体在清代都取得了长足的发展，达到了成熟之后的最高程度，所以说"却也没有一种不成为清代的文学"。

就词体而言，宋词在唐五代之后达到了巅峰时期，金、元、明词后继乏人，作品少，质量也不高，除了元好问之外，几无可以称道者。但到了清代之后，无论是在词作的数量，还是质量上，都大大超越了金、元、明三代，文学史上称之为"清词中兴"，其中流派纷呈：阳羡词派、浙西词派、常州词派相继登台，主盟一时；名家迭出，纳兰性德、陈维崧、朱彝尊、张惠言等竞相争艳。本书因题材取向及体例等因素，没有给上述词派和词人，在数量上以相应的体现，在极为有限的篇幅里，争取达到"以小见大，见一叶落而知岁之将暮"（《淮南子·说山训》）的效果。其中纳兰性德的词选了四首，一方面是因为纳兰词的确拥有众多的读者，另一方面纳兰词也并非只有婉约一途，虽然吸引读者的多半是其婉约词。在山水词中我们可以看到一个更为完整的纳兰容若。

生查子·旅思

吴伟业

一尺过江山，万点长淮树。石上水潺潺，流入青溪去。
六月北风寒，落叶无朝暮。度樾与穿云，林黑行人顾。

作者简介：

吴伟业（1609—1671），字骏公，号梅村，太仓人。崇祯四年（1631）会试第一，殿试一甲第二名进士，授翰林院编修。南明弘光朝，任少詹事，因与马士英等人不合，假归故乡，明亡后不仕，乡居十余年，但因为仍然主持文社，故声名颇重，受清廷重视，于顺治十年（1653）被迫入京为官，十四年（1657）因继母之丧南归旧里。吴伟业因怀念明朝宠恩，自感有辱名节，故后半生一直在忏悔中度过，于诗文之中屡有表达。吴伟业是明清之际成就最大的诗人，其七言歌行最为特色，被后人称为"梅村体"。今有《吴梅村全集》，上海古籍出版社1999年版，可参看。

赏析：

全词大意：远远望去，江水对面的山峦似乎只有一尺之高，河水两旁的树木缩成了千万个黑色的小圆点。身旁清冽的泉水从石上潺潺流过，汇入青溪。虽是六月，但北风寒冷，度樾穿云于阴森的山道，树林一片漆黑，行人惶恐，不住回头张望。

这首诗的题目是写"旅思"，但在安排上却出现了明显的侧重：写"旅"的部分太多，有七句半的文字都在写旅途之景，而写"思"的内容只有末句的"行人顾"三字。这种结构布局，一方面将旅途的百无聊赖通过细致的环境描写展示出来，另一方面对游子情绪的抒发也起到了很好的蓄积作用。"顾"字将路途的不安与畏惧表现得淋漓尽致，只有在感到害怕的时候，行人才会下意识地回头张望，就像武松行走在景阳冈上，"回头看那日色时，渐渐地坠下去了"，之所以会有这一笔，是施耐庵在写猛虎跳出时所做的前期铺垫。这一个细微的动作被吴梅村捕捉后，在全词的最后三句托出，可谓力尽千钧，沉着有力。此外，上阕在写景时很好地注意到了远景与近景的结合，"一尺""万点"都是远望所得，下文"石上水""清溪"都是近处景物，场景的转变也很好地提示"旅途"行程的改变。下阕写"六月风寒"、落叶无数，使全词行进在凄冷的色调中，再加上"林黑"一词，一幅阴森寒冷的行旅图便出现在读者眼中，行人因为害怕而屡屡回头也就显得合情合理了。

破阵子·关山道中

宋 琬

拔地千盘深黑，插天一线青冥。行旅远从鱼贯入，樵牧深穿虎穴行。高高秋月明。

半紫半红山树，如歌如哭泉声。六月阴崖残雪在，千骑宵征画角清。丹青似李成。

作者简介：

宋琬（1614—1673），字玉叔，号荔裳。山东莱阳人，清顺治四年（1647）进士，清初著名诗人，与施闰章齐名，有"南施北宋"之说。康熙十一年（1672）任四川按察司按察使，明年进京述职，恰逢吴三桂兵变，蜀中之妻儿陷于叛军之手，宋琬忧郁而终，时年五十九岁。宋琬以诗学成就名世，但他的词也有较高的艺术水准。今有《宋琬全集》，齐鲁书社2003年版，可参看。

赏析:

　　全词大意:黝黑的关山层层叠叠，拔地而起，好像在苍穹之中插入了一条长线。羁旅行役之人选择鱼贯而入，不敢独闯深山。明亮的秋月高挂天空，樵夫和牧民正在山中穿行。山上的树木红紫相间，幽咽的泉声如歌如泣。时至六月，背阳的山崖依然积有残雪。凌晨，军队即将出征，号角声十分清亮，这画面就像是李成笔下的丹青图一般。

　　这首词在写景方面特别出色。首句运用了对比的手法，将"千"与"一"的悬殊瞬间表现出来，"一线天"以仰视的角度很好地阐释了"山道"的观感。山川的险峻需要行人置身其中才有意义，否则也仅仅是一个地理存在。秋月之下的山路，樵牧的单独活动颇有些武松夜过景阳冈的滋味。秋月愈明，则愈发显出关山道的阴森、险峻。"高高秋月明"和《水浒传》中"回头看这日色时，渐渐地坠下去了"一样，真可谓神来之笔。这首词的色彩也极为丰富:"半紫"与"半红"的对比，"阴崖"之黑与"残雪"之白的对比，都极为鲜明。董俞评说宋琬词曰:"秋飙拂林，哀泉动壑，不足以喻其峥嵘萧瑟也。"这种评价正来源于宋氏阔大的视野和细微的描写的完美结合。

点绛唇·夜宿临洺驿

陈维崧

晴髻离离，太行山势如蝌蚪。稗花盈亩，一寸霜皮厚。

赵魏燕韩，历历堪回首。悲风吼，临名驿口，黄叶中原走。

作者简介：

　　陈维崧（1625—1682），字其年，号迦陵，宜兴（今属江苏）人。康熙十八年（1679）举博学鸿词科，授翰林院检讨，参编《明史》。陈维崧诗词文皆工，文以骈体见长，与吴绮、章藻功合称"骈体三家"，然于词体尤为用力，存词 1629 首。词作多写身世之感、怀古之情，少多绮丽之作，老境转为深婉，为阳羡派领袖词人。今有《陈维崧集》，上海古籍出版社 2010 年版，可参看。

赏析：

　　全词大意：晴日的丘峦如美人发髻一般清晰分明，太行山的走势就像蝌蚪一样蜿蜒曲折。稗花开满田中，经霜的树皮有一寸之厚。昔日的赵、魏、燕、韩并聚此处，往事怎堪回首。临名驿的夜晚，悲风怒吼，将中原大地的黄叶吹得满地奔走。

　　这首词用的是仄声韵，有利于表达深重厚实、沉郁顿挫的情感，加上句式短促有力，所以表现出与婉约词大不相同的阅读体验。全词以写景为主，"太行山势"写远景，是较为朦胧的，"稗花""霜皮"写近景，是较为清晰的。"稗"字表明田园荒芜，"盈亩"二字加重了中原萧条、衰败的景象，它和结句"黄叶中原走"所构成的境界更加地突显出苍茫悲凉、辽阔迷离的景象。此时此刻，词人想到的是历史上的赵魏燕韩，当时七雄争霸时应当也是这个景象吧，不意数千年下，今人复睹此景，历史的厚重感、沧桑感自然被生发出来。词中未提到任何具体的历史事件，也没有明言任何具体的历史鉴戒。内容相当含混，但也留下了很多想象的空间。最后，该词在语言上也体现出高超的借鉴手法，末句"黄叶中原走"与岑参《走马川行奉送出师西征》"轮台九月风夜吼，一川碎石大如斗，随风满地石乱走"之句极为相似，陈词稍显简练而已。

满庭芳·出山海关

释今无

地尽天穷，云寒雪重，月明画角声长。荒鸡塞远，漂泊泪如霜。城旦鬼薪何处，学苏卿，啮雪驱羊，却从来堪怜节烈，抵死问苍苍。

长城东去也，沙封白骨，雪打皮囊。更烟流短草，雁起边墙。凄断神州抛撇，监毛氄间、箕子佯狂。莫回首，秦淮萧鼓，特地又悲凉。

作者简介：

　　释今无（1633—1681），俗姓万，字阿字，广东番禺人。年十六时于雷峰寺出家，二十二岁时奉师命出山海关，后归隐广东海幢寺。诗、书并妙，存有《阿字无禅师光宣台集》二十五卷。

赏析：

　　全词大意：我好像来到了天地的尽头，塞云寒冷，积雪深重，明月之下号角声显得无比悠长。边塞荒凉偏远，漂泊的人泪落如霜。城旦、鬼薪这些受刑罚的戍卫都在哪里，此番也学习苏武牧羊，渴饮白雪，贞烈之士从来不都是被人们怜惜的对象吗？（他们何以落得如此境地？）我一定要向苍天问个明白！长城蜿蜒而东，风沙将白骨掩埋，大雪敲打在尸体上。更加之尘烟在短草边流动，大雁掠过边墙。凄清惨烈的中原大地上，一片凋敝，箕子披头散发，佯装癫狂又有谁去询问呢，不要回头，秦淮河边的箫声鼓点，又会生发出别样的凄凉。

　　这首词在描写对象上与其他山水词大有不同，不同于巴山蜀水的凄凉，也不同于吴山越水的柔媚，而是山海关风光的悲凉苍劲。词中的"云寒雪重""沙封白骨"等景象，配合着塞外关山，一幅辽阔凄凉的画图便如在眼前。当然，外物的苍茫最终还是通过作者的主观感受来体验的，所以此词在边塞风景的描摹外还多了一层历史的厚重感。神州大地的主体都已不在，曾经象征明王朝繁华的秦淮河也不再歌舞升平。所以丧国的悲愤和矢志不渝的决心最终都化为了一个遗民一生的悲凉。这首抒情类的山水词，以景写意，景因情来，是词人满蓄的伤怀之情浸染了自然之景，反过来塞上荒寒苍凉的客观景象感染着词人的心境，所以就有了一种世事沧桑的阅读体验，在涉及山水的词作中，这一类是比较特别的。

卖花声·雨花台

朱彝尊

衰柳白门湾，潮打城还。小长干接大长干。歌板酒旗零落尽，剩有渔竿。

秋草六朝寒，花雨空坛。更无人处一凭阑。燕子斜阳来又去，如此江山。

作者简介：

朱彝尊（1629—1709），字锡鬯，号竹垞，秀水（今浙江嘉兴）人。早年曾秘密参加复明抗清运动，事败后游走四方。康熙十八年（1679）举博学鸿词科，除翰林院检讨，参纂《明史》。朱彝尊为清代著名学者、文学家。其《经义考》《词综》宏博详赡，具有较大影响力。其诗词文创作皆有可观，论词首尊姜夔，注重醇雅一派，为浙西词派之代表。今有《曝书亭全集》，吉林文史出版社 2009 年版，可参看。

赏析：

　　全词大意：白门湾的堤岸上，衰柳成行；江潮扑打着城墙，来来回回没有休止。这里的小长干与大长干一贯相连，小巷中的歌板散去，酒旗也已零落，只剩下江上的一支渔竿。六朝之地的秋草是如此清寒，雨花台业已成为一片空坛，更向无人之处凭栏而望。飞燕在斜阳里来来去去，也只是如此的江山罢了。

　　该词是作者游览雨花台，抚今追昔之作。全词通过对六朝古都金陵城荒凉景物的描写，感慨物是人非，写得深邃冷峻，精警有力，很好地体现出其才情和风格。词的上片主要写金陵城边的江水，作者综合运用了视觉与听觉的手法，将冰冷的潮水与萧瑟的柳枝、孤独的渔竿组合在一起，给人一种繁华不再、今非昔比的历史沧桑感。"零落尽"字字带情，一字一顿，下语沉着痛快，入木三分，只此三字，便将金粉六朝的繁华一扫而尽，"剩有渔竿"更加地凸显出"零落"之感。词的下片以"秋草"起，点出时序，很容易让人想起"吴宫花草埋幽径"一类的句子，"秋草"与上片"衰柳"相呼应，构成一幅凋零衰败的画面。末句"燕子斜阳来又去"和周邦彦《西河·金陵怀古》"燕子不知何世，入寻常、巷陌人家"一样，化用刘禹锡《乌衣巷》，今昔对比之下，无可言说的深沉悲痛最后化为直抒胸臆的一句"如此江山。"结语含蓄，意境浑厚。全词风格萧索清冷，情思忧戚缠绵，典型地体现出浙西派清空醇雅、蕴藉空灵的词风。

和人潼关

曹贞吉

太华垂旒，黄河喷雪，咸秦百二重城。危楼千尺，刁斗静无声。落日红旗半卷，秋风急、牧马悲鸣。闲凭吊，兴亡满眼，衰草汉诸陵。

泥丸封未得，渔阳击鼓，响入华清。早平安烽火，不到西京。自古王公设险，终难恃、带砺之形。何年月，铲平斥堠，如掌看春耕？

作者简介：

　　曹贞吉（1634—1698），字升六，又字升阶、迪清，号实庵，安丘（今属山江）人。康熙三年（1664）进士，官至礼部郎中。诗词并善，尤精词作，有"大雅"之称，与顾贞观、纳兰性德并称"京华三艳"。今有段晓华《珂雪词笺注》，华东师范大学出版社 2018 年版，可参看。

赏析：

　　全词大意：华山像垂旒一样笔直挺立，黄河之水犹如飞奔的雪涛，咸阳自古就是险要的建都之所。高楼几乎千尺，刁斗静寂无声。落日时分，边塞的晚风将红旗卷起了一半，秋风劲急，边马悲情地鸣嘶。闲览四周，凭吊古人，衰败的秋草长满了汉朝的诸陵。像汉代王元一样泥封函谷并未实现，彼时渔阳兵乱，战火延伸到了华清宫。平安时节所燃起的烽火，早已不到西京咸阳了。从古至今，王公大臣想要通过设置险隘谋取和平，即使有黄河如带、泰山如砺般的险阻，最终都是难以凭借的。何年何月，才能够铲除这些侦察敌情的瞭望台，观看那像手掌一样平坦的郊野上春耕如织。

　　曹贞吉所处的时代，正是明清易代、异族入侵之际，而潼关正是象征汉人强盛时期的重要标志，秦始皇在潼关内的咸阳定都，西汉定都潼关内的长安，"但使龙城飞将在，不教胡马度阴山"，但当年如此强盛的秦汉，潼关里无数雄伟的宫殿如今却都不在了，连汉朝历代皇帝陵寝都长满了荒草。词人借古讽今，暗喻明朝大修长城，也终难抵得住清军入关。"自古王公设险，终难峙"即孟子曾说过的"域民不以封疆之界，固国不以山溪之险"，吴起也对魏武侯说"在德不在险"，可见，抵御外患不能寄希望于险要的关河等军事要塞，而在于要实行仁政，这是作者对明王朝徭役赋税之重，最后导致身亡国灭的历史教训的深刻总结。末句写"如掌看春耕"，不但词境平易开阔，实质上也揭示了百姓安居乐业、发展生产对国家稳定、富强的重要作用。

水龙吟·松花江望雨

高士奇

晓峰新翠飞来，锦帆半渡春江楫。恰才回首，碧罗天净，弱云微抹。咫尺苍茫，狂飙骤卷，怒涛喷雪。讶盆翻白雨，松林转黑，红一线，雷车掣。

如此风波怎去，急回船，渡头刚歇。野炉争拥，征衫未燎，薄寒犹怯。辽日遗墟，金源旧事，断垣残堞。有当年遗甍，土花蚀锈，听渔人说。（自注：本朝初年有渔人于江岸掘得宋钱一甍。）

作者简介：

　　高士奇（1645—1704），字澹人，号瓶庐，一号江村，钱塘（今杭州）人。康熙八年（1669）入太学，深受康熙赏识，被亲赐会试资格，之后就一直陪侍在康熙左右，为康熙讲书释疑。十年（1671）进入国子监，十四年（1675）被授为詹事府录事，十八年（1679）中博学鸿词科，四十二年（1703）六月，卒官。高士奇博览群书，尤精考证，有《左传纪事本末》《春秋地名考略》《三体唐诗补注》等传世，有清康熙间递刻本《高江村集》可参看。

赏析：

　　全词大意：清晨的山峰上好似飞来一片翠绿，锦帆和船桨在春天的松花江上并力向前。正回首处，明净的天空一碧如洗，几抹流云挂在天边。咫尺之间，天地一片苍茫，狂风大作，怒涛拍岸，大雨倾盆，直泻而下，昏黑的松林间只见一线残红透过，耳边夹杂着滚滚的雷声。这么大的风浪怎能开船，趁渡头的雨刚刚停歇，急忙调转船头。大家争相围着野外的炉火，衣服还没有完全燎干，微薄的寒意已令人胆怯。辽代的遗址，金朝的旧事，只剩下断壁残垣。听渔人说，此地尚有宋朝遗留下来的甏瓮，里面的铜钱已经锈迹斑斑。

　　《水龙吟·松花江望雨》是词人于康熙二十一年（1682）随御辇东巡时创制的山水佳作，关于此词的创作背景，词人在《扈从东巡录》中记曰："辛巳初晴，驾发自大乌喇虞村，舟行二十里，风雨欸至，骇水腾波，江烟泼墨，……松花江有潮不怒，但过眼惊心，身共水天飘泊，此际沉吟，尘心顿尽，过午风色稍定，牵缆甚缓，……赋《水龙吟》以纪之。"《水龙吟》上阕紧贴"晓峰新翠""锦帆半渡"的江山特征，清新浩然，接着笔锋一转，写"咫尺苍茫""怒涛喷雪"的瞬息变幻，写出"松林转黑，红一线"的撼人景象，给人一种舒爽、豁然而又紧张、促迫的感觉。下阕依旧是写景抒情的范式，融叙事、怀古、幽思为一体，念到辽朝的遗址、金朝的旧事，只剩下断壁残垣，与大好江山形成对比，末句的一甏宋钱更是将时空无限地拉开，思古叹昔之情愈发浓郁。

忆秦娥·龙潭口

纳兰性德

山重叠。悬崖一线天疑裂。天疑裂。断碑题字，苔痕横啮。

风声雷动鸣金铁。阴森潭底蛟龙窟。蛟龙窟。兴亡满眼，旧时明月。

作者简介：

纳兰性德（1655—1685），原名成德，因避讳而改今名，字容若，号楞枷山人，满洲正黄旗人，大学士纳兰明珠长子，出身高贵。康熙十五年（1676）进士，官至一等侍卫。诗词皆工，尤善小令。爱情词缠绵婉丽，边塞词辽阔壮大。后人对其词作推许颇重，《蕙风词话》推其为"国初第一词人"，《人间词话》谓其词"北宋以来，一人而已"。有张草纫《纳兰词笺注》，上海古籍出版社1995年版，可参看。

赏析:

　　全词大意:山峦连绵起伏,抬头望去,悬崖间的天空就像裂开了一样,只剩下一条线向外蔓延。断裂的石碑上题字犹存,青苔遍布。风雷之声犹如鸣金击铁一般。阴森森的潭底本是蛟龙的窟穴,伤古悼昔,兴亡满眼,唯有旧时的明月依旧倒映在今日的潭水中。

　　纳兰词因其婉丽多情思,所以一直拥有无数的读者,其细腻的笔触往往直指人心,毫发毕见。或许是其爱情词太过出名,所以我们一直习惯或是喜欢将其归于婉约一类,如秦观、晏几道之人,但其实纳兰词亦有雄放者,其风格与爱情词大相径庭,判若两人。此词中,纳兰词一方面工于摹景,"一线天"将悬崖的陡峭险峻刻露无遗,郦道元在描写三峡时说:"自非亭午夜分,不见曦月。"以时间为观测点,描写天空的狭小,是一种侧面式的描摹,也适合长时、连日在三峡中游览之人的感受。纳兰词则用"一线"做比喻,是一种正面式的描摹,将乍入峡谷中的瞬间视觉刻画下来。其景大略相同,但用词亦各有千秋。下文的"断碑题字""苔痕横啮"将历史之苍凉、时空之绵邈通过具体物象展开,其景可见,其情可感。末句以"兴亡满眼,旧时明月"作结,将时空与思绪无限延伸,既有含蓄蕴藉,又显沧桑厚重。

蝶恋花·出塞

纳兰性德

　　今古河山无定据，画角声中，牧马频来去。满目荒凉谁可语？西风吹老丹枫树。

　　从来幽怨应无数，铁马金戈，青冢黄昏路。一往情深深几许？深山夕照深秋雨。

赏析：

全词大意：从古至今江山兴亡都没有定数，画角声中，战马驰骋频来去，满目荒凉，有谁可与诉说？萧瑟的西风将枫树一夜吹老。幽怨愁苦的往事应不可胜数吧，铁马金戈，只剩下日落黄昏青草掩墓。一往情深的情思到底深入何处，凭眼望去，唯见深秋暮雨，夕阳满山。

这首词是清纳兰性德随军出塞时所作。全词抒发了对历史兴亡、世事沧桑的感慨，设景荒凉，布色冷淡，个人的"幽怨"和历史的惆怅融为一体。上阕以"今古河山无定据"开篇，为全词奠定下一种苍凉惆怅的感情基调，与题目"出塞"也十分吻合，可谓开篇点题。"画角声中，牧马频来去"一语，将听觉与视觉结合起来，生动刻画出塞外的场景。"西风吹老丹枫树"一句，苍劲有力，巧妙形象地描绘出那几株红了又红、饱经风霜的塞外枫树，仿佛能让人联想起当年血流成河的战争。下阕"青冢黄昏路"乃是化用杜甫《咏怀古迹》的"一去紫台连朔漠，独留青冢向黄昏"。"青冢"指王昭君墓，用昭君出塞和亲的典故。战与和，皆是漫长历史中用来结束战争的两种常用方法。"深山夕照深秋雨"，三个连续的形容词加名词，将白描手法发挥到了极致，读者于其朴素的语辞中自能体会出丰富的层次和内涵。

青玉案·宿乌龙江

纳兰性德

东风卷地飘榆荚，才过了、连天雪。料得香闺香正彻。那知此夜，乌龙江畔，独对初三月。

多情不是偏多别，别离只为多情设。蝶梦百花花梦蝶。几时相见，西窗蕊烛，细把而今说。

赏析：

　　全词大意：东风刮过，将地面飘落的榆荚卷起，连天的大雪刚刚停止。想到你的闺房里应该正燃着熏香，你又怎知，今夜我在这乌龙江畔独自忍受着三月的寒冷。不是多情的人偏偏有多次的离别，而是离别的愁绪只为多情而设。我们就像蝴蝶梦见百花，百花梦见蝴蝶一般，出现在彼此的梦中，不知何时才能相见，西窗剪烛，细把今日的思恋一一诉说。

　　本词作于康熙二十一年春，纳兰性德因公事远游黑龙江，宿于江畔，想念妻子，因作此篇。王国维在《人间词话》中将诗人分为"主观之诗人"和"客观之诗人"，强调"主观之诗人不必多阅世。阅世愈浅则性情愈真"。纳兰性德便是这么一位"真性情"的"主观之诗人"。他身为贵族子弟，不涉世事，故其出口之言皆率直真切，感人肺腑。全词用语明白如话，却充满诗意。下片开头，作者提出了一个非常新颖的判断，即：不是多愁善感的人多有离别，而是离别本身就是为了多愁善感之人而设。对一个钝感的人而言，即便有离别，新居之乐也会大于故土之思。作者所说的离别，本身就带有伤感的情绪。《九歌·少司命》中"悲莫悲兮生别离"一语，其传世动情之处正在于"生别离"三字，这也正是纳兰词"多情"的所在。江淹《别赋》曰："黯然销魂者，唯别而已。"此理难与外人道，只有多情人自知。最后三句化用李商隐《夜雨寄北》一诗，剪烛话西窗，本是件快乐之事，但一加上"几时"，便化企盼之意为哀愁之思，突出当下不得相见之痛苦，即王夫之所谓："以乐景写哀，以哀景写乐，一倍增其哀乐。"

沁 园 春

纳兰性德

　　试望阴山，黯然销魂，无言徘徊。见青峰几簇，去天才尺。黄沙一片，匝地无埃。碎叶城荒，拂云堆远，雕外寒烟惨不开。踟蹰久，忽砅崖转石，万壑惊雷。

　　穷边自足秋怀。又何必、平生多恨哉。只凄凉绝塞，蛾眉遗冢；梢沉腐草，骏骨空台。北转河流，南横斗柄，略点微霜鬓早衰。君不信，向西风回首，百事堪哀。

赏析：

　　全词大意：遥望阴山，不禁让人黯然魂销，徘徊无语。只见几座青峰高耸入云，仿佛离天只有几尺的距离，眼前黄沙遍地，不见尘埃。碎叶城早已荒芜，拂云堆也遥远不见，飞翔的雕鹰外，寒烟惨淡，凝聚不开。踟蹰久立，忽然听到山崖上巨石撞击的声音，就像是万丈深壑里发出的隆隆雷声。边塞的尽头处自是秋怀盈胸，平生的憾事又何须挂怀。想到昭君凄凉出塞，而今唯有青冢留存，当年燕昭王为迎接天下贤达而筑的黄金台，到如今也满是枯枝荒草。河流北转，斗柄南横，我的双鬓已沾微霜，看来已是未老先衰了。如果不相信的话，请你在秋风中回首往事，想必也会百事堪哀吧。

　　本词作于康熙二十一年八月，也是一首寓山水于边塞的词作。上片以"试望阴山，黯然销魂"开头，为全词寻找到一个阔大的叙述背景，一个"阴"字便使全词的基调低沉、厚重起来。作者放眼望去，尽是一片荒凉之景，高耸挺拔的青峰，匝地无埃的黄沙，嚣叫的猛禽与紧锁的寒烟，这一切与中原地区是那么的不同，在"碎叶城荒，浮云堆远"的环境中，更显萧索凄劲、秋意十足。而就在这惨淡压抑的氛围中，作者笔锋一转，用《蜀道难》中"飞湍瀑流争喧豗，砯崖转石万壑雷"的句子，陡然间将全词之调振奋起来，避免了单一的、低沉的阅读感受。或许是词人内心过于郁塞，故而下阕又转入到低沉的、萧索的叙事中，悼古伤今，抚往事，悲来者，使全词始终回旋在历史的苍凉与深深的思索中。纳兰性德在其《拟古》组诗中自称"予本多情人"，于此信然。

百字令

厉 鹗

月夜过七里滩，光景奇绝，歌此调，几令众山皆响。

秋光今夜，向桐江，为写当年高躅。风露皆非人世有，自坐船头吹竹。万籁生山，一星在水，鹤梦疑重续。孥音遥去，西岩渔父初宿。

心忆汐社沉埋，清狂不见，使我形容独。寂寂冷萤三四点，穿过前湾茅屋。林净藏烟，峰危限月，帆影摇空绿。随风飘荡，白云还卧深谷。

作者简介：

厉鹗（1692—1752），字太鸿，号樊榭，钱塘（今杭州）人。康熙五十九年（1720）举人。诗词皆工，于词尤善。编有《宋诗纪事》，对宋诗批评有重要影响，论词首推周邦彦、姜夔、张炎等人，为浙西词派中坚力量。今有《樊榭山房集》，上海古籍出版社 1992 年版，可参看。

赏析：

全词大意：今夜秋光之中，我驾一叶小舟向桐江进发，为的是
实践当年高洁的志向节操。这里的景色绝非人世间所有，我独自坐
在船头吹笛。山中各种声响齐备，点点星光在水中摇晃，鹤梦归隐
之情又于此时重续。桨声渐无闻，正是西岩渔夫初宿时。回忆起
（谢翱的）汐社解散后，不见了当年的轻狂，唯独留下我形单影只。
寂静黑暗中的点点萤火，穿过了前道湾口的茅屋。山林清净藏住了
烟雾，峰峦高耸遮住了月色，船影在湛蓝的天空下摇荡着碧绿的春
水。我跟着船儿随风飘摇，像白云一样还卧在深谷之中。

上阕中词人选用了"秋光""桐江""风露""一星""山水"
这些意象极力营造出一种秋夜江边的幽寂和旷远的氛围，文中"非
人世有"的意境才是作者心之所往。"万籁"与"一星"形成了鲜
明的对比，这也正可看作程千帆先生所论古典诗词中"一"与
"多"的例证。万籁在山，显其厚重朴实；一星在水，谓其流动空
灵。末句引用柳宗元《渔翁》之意作结，使全词既有飘逸之趣，又
有典实可观。下阕"白云还卧深谷"一语双关，既写景象如彼，又
写心志如斯。张炎词集曰《山中白云词》，厉鹗推崇玉田，于其境界
亦多有赞叹，于此可略见一二。全词格调冷寂清幽、绵邈深邃，大
有"独与天地精神往来"之意。吴梅《词学通论》曰："大抵其年
（陈维崧）、锡鬯（朱彝尊）、太鸿三人，负其才力，皆欲于宋贤外，
别树一帜；而窈曲幽深，当以樊榭为最。"可谓要言不烦，直中
肯綮。

风流子·出关见桃花

张惠言

　　海风吹瘦骨，单衣冷、四月出榆关。看地尽塞垣，惊沙北走；山侵溟渤，叠障东还。人何在？柳柔摇不定，草短绿应难。一树桃花，向人独笑；颓垣短短，曲水湾湾。

　　东风知多少？帝城三月暮，芳思都删。不为寻春较远，辜负春阑。念玉容寂寞，更无人处，经他风雨，能几多番？欲附西来驿使，寄与春看。

作者简介：

　　张惠言（1761—1802），原名一鸣，字皋文，武进（今江苏常州）人。嘉庆四年（1799）进士，后改庶吉士，授翰林院编修。精易学，与惠栋、焦循并称"乾嘉易学三大家"，著《周易郑氏义》《周易荀氏九家义》等。词文并善，为阳湖文派代表作家，论词主比兴，词作寄托遥深，同时也有过于隐晦的缺陷，是常州词派的创始人，编有《词选》。今有《茗柯文编》，上海古籍出版社1984年版，可参看。

赏析：

　　全词大意：海风吹着我瘦弱的身躯，四月衣单天寒时，走出榆关。看大地的尽头在塞垣的远处消失，狂风挟裹着沙尘一路向北；山势向渤海方向延伸，重岩叠嶂向东而去。人在何处？周围的弱柳摇摆不定，短短的小草若想形成一片绿色恐怕也很难啊。只有一树桃花独自向人微笑，映衬着低矮的颓垣和曲曲折折的一湾河水。不知春风还有多少，三月末的都城，已是花褪残红，芳思停歇。为了寻春，我不惜千里而来，怕的是春意阑珊时无人问津，因而回念起此刻桃花的玉容寂寞处，又能经受几番风雨的消磨呢？折下一枝，让驿使寄到我的故乡，让亲友也看一看塞外的春光吧。

　　白居易诗曰"人间四月芳菲尽"，词人走出榆关时，已是四月，这原本就是繁花凋零的季节，加之塞外凄苦的环境，其景色之荒凉大概可以想见了。但造物者自有其神奇之力，海风肆虐、惊沙北走的榆关外，还有一树桃花迎风摇曳，向人微笑，寒冷凄清的塞外顿时多了一丝温暖与柔情。所以上片先竭力烘托出塞外恶劣的环境，唯其如此，一簇桃花的出现才显得尤其可贵。下片便集中笔墨对此桃花进行题咏，桃花之色，妇孺皆知，若要见采，则须有题外之意、物外之思方可。所以词人选取了"玉容寂寞"这个角度，从草木零落、美人迟暮这个传统的意象中生发，从而使词作富有了文学内涵。张惠言讲求"比兴寄托"，此处题咏桃花即是一例。

木兰花慢·江行晚过北固山

蒋春霖

泊秦淮雨霁，又灯火，送归船。正树拥云昏，星垂野阔，暝色浮天。芦边夜潮骤起，晕波心、月影荡江圆。梦醒谁歌楚些？泠泠霜激哀弦。

婵娟，不语对愁眠，往事恨难捐。看莽莽南徐，苍苍北固，如此山川！钩连更无铁锁，任排空樯橹自回旋。寂寞鱼龙睡稳，伤心付与秋烟。

作者简介：

　　蒋春霖（1818—1868），字鹿潭，江苏江阴人。年幼时随侍于父官任所，父殁后弃举业，奉母游京师。咸丰年间，官至两淮盐大使，咸丰七年（1857）丁母忧移家扬州，同治七年（1868）舟过吴江而卒，一生穷困潦倒。词作精致、峻峭，因思慕纳兰性德《饮水集》和项鸿祚《忆云词》，故属其斋为水云楼。今有《水云楼诗词笺注》，上海古籍出版社 2011 年版，可参看。

赏析：

　　全词大意：停泊在秦淮河边，雨过天晴，又到了灯火初上的时候，渔舟也纷纷归家。此时的风景正是：树木拥抱着黄昏时的云朵，星宿垂落在广阔的原野，暝色与江天一同浮动的时刻。芦苇边水潮突然涌起，夜色荡漾在波心，月影倒映在江中。梦醒时分，是谁在歌唱那一曲动人的楚些，像秋霜一样冷冷地打在我的心弦之上。月色之下，愁眠无语，恨往事难以忘记，而眼前正是辽阔无边、茂盛繁密的大好山川！铁索荒废，已无勾连之处，樯橹空存，任其高空独自回旋。河中鱼龙寂静无声，一片伤心意绪，唯以付与秋烟可知。

　　这首词写于道光二十七年（1847）秋，上片以浓墨重笔描写北固山前江行所见所闻，由此自然联想到杜牧《夜泊秦淮》，杜甫"星垂平野阔"等句子，所以开篇极富古典气息。自《南京条约》签订后，列强对中国的瓜分日益紧迫。眼前江防门户洞开，英舰肆无忌惮地航行，词人心中充满山河依旧，国运已非的悲慨。下片触景生情，"更无铁锁，任排空、樯橹自回旋"之句，喻指在腐败无能的清廷统治下，国家已无河防可言。"寂寞鱼龙睡稳，伤心付与秋烟"寓意深刻，暗指更深层次的清廷腐败。陈廷焯评价此词："精警雄秀，造句之妙，不减乐笑翁。"于此亦可见其含蓄蕴藉之功。谭献《复堂词话》云："《水云楼词》固清商变徵之声，而流别甚正，家数颇大，与成容若、项莲生二百年中，分鼎三足。咸丰兵事，天挺此才，为倚声家杜老。"是针对蒋春霖以词存史来谈的，从这首词来看，谭献的评价确能落到实处，颇为公允。

图书在版编目(CIP)数据

水光山色与人亲／韩元编著. — 北京:中国文史出版社,
2020.7

(中华好诗词·山水卷)

ISBN 978-7-5205-1474-3

Ⅰ.①水… Ⅱ.①韩… Ⅲ.①山水诗-诗歌欣赏-中
国-古代 Ⅳ.①I207.2

中国版本图书馆 CIP 数据核字(2019)第 248331 号

责任编辑:卢祥秋

出版发行:**中国文史出版社**

社　　址:北京市海淀区西八里庄 69 号院　邮编:100142

电　　话:010-81136606　81136602　81136603(发行部)

传　　真:010-81136655

印　　装:北京新华印刷有限公司

经　　销:全国新华书店

开　　本:720×1020　1/16

印　　张:21　　　　字数:108 千字

版　　次:2020 年 7 月第 1 版

印　　次:2020 年 7 月第 1 次印刷

定　　价:58.00 元